AF210131

Wenn der Zauber Einlass fordert

theodoros iatridis

Wenn der Zauber Einlass fordert

1

„Was treibst du hier ganz allein?", fragt sie.

Ihre Stimme klingt melodisch. So, als würde mir eine Schwalbe ein Liedchen zwitschern – ein wenig verspielt.

Die Nacht ist warm, die Grillen zirpen und ich blicke hoch. Sterne, so weit der Himmel reicht – ob ich mich irgendwann an ihnen satt sehen könnte?

Und obwohl mir in meiner Vorstellung die junge Frau lieblich erscheint, drehe ich mich nicht um und schaue weiterhin hoch.

„Ich bin high", antworte ich, weil ich allein sein möchte.

Kann man sich am Himmel satt sehen?

Ich weiß nicht.

Ob dieses Mädchen wohl eine Rolle in unserem Leben spielen könnte?

Ich weiß nicht.

Manchmal frage ich mich, ob es gesund ist, so viele innere Selbstgespräche zu führen.

„Du wirkst nicht high auf mich. Gefällt dir die Party nicht?"

Ich sitze auf dem Bordstein und zupfe Löwenzahn aus den Fugen. Ich reiße die Blätter und die Stängel ab, werfe sie zu Boden und irgendwann werden sie vertrocknen. Zuerst das Leben und dann der Zerfall. Was Erde war, wird Erde werden. Der Kreislauf schließt sich.

Du hast immer so viele depressive Gedanken.

Findest du?

Ich finde sie schlimmer als unsere Gespräche.

Von welchen depressiven Gedanken sprichst du überhaupt?

Vom Löwenzahn. Ich mag Löwenzahn. Hör auf, ihn auszureißen.

„Meine Freundin hat mich verlassen. Sie hat mir vorhin eine Nachricht geschrieben, dass sie einen Neuen hat. Einen aus ihrer Schule. Zwei Meter groß, zwei Meter breit. Ich möchte einfach allein sein und trauern."

Ich lüge, um sie loszuwerden. Obwohl sie melodisch klingt, obwohl ich neugierig bin. Ich möchte über das Leben nachdenken, über den Himmel, der leuchtende Punkte am Himmel platziert hat, über Selbstgespräche und über Löwenzahn.

„Das tut mir leid. Wie heißt du?", fragt sie stattdessen.

„Du checkst es nicht, oder?"

„Du bist mir auf der Party aufgefallen. Du gehörst nicht zu uns. Hast du dich eingeschlichen?"

Nun drehe ich mich doch um. Sie gefällt mir, trägt kurzes schwarzes Haar: einen Bob. Vielleicht eine Perücke. Hat ein freches Lächeln. Ein Lächeln, das andere durchschaut, ein Lächeln, das nicht so leicht abzuschütteln ist. Daher antworte ich.

„Dich kann man nicht hinters Licht führen, oder?"

„Wie ist dein Name?"

„*Batman.*"

Sie lacht und ihr Lachen lässt mich schmunzeln: nicht auf die lustige Art, sondern auf die entzückte Art.

Sie ist süß.

6

Ja, schon irgendwie.

„Das trifft sich gut. Ich bin in Wirklichkeit *Catwoman*.“

„Nett, dich kennenzulernen“, sage ich.

„Also, was treibst du hier draußen allein, Mister *Ich möchte meinen Namen nicht nennen*?“

„Ich denke nach“, antworte ich und wende meinen Blick von ihr ab und starre den abgerupften Löwenzahn an.

„Das ist meine Lieblingsbeschäftigung. Du sagst mir, worüber du nachdenkst, und ich sage dir, worüber ich nachdenke.“

„Ich werde dich wohl nicht los“, sage ich.

„Seit du ins Haus getreten bist, habe ich ein Auge auf dich geworfen.“

Sie fällt mit der Tür ins Haus.

„Du bist direkt.“

„Sag schon, worüber denkst du nach?“

„Zuerst über das Glück im Leben, dann ob man sich an Sternen satt sehen könnte und dann über Löwenzahn, und du?“

„Ich frage mich schon die ganze Zeit, ob wir uns heute noch küssen werden.“

Sie sagt, was sie will, und ich schmunzle.

„Du bist ganz schön aufdringlich, hat dir das schon mal jemand gesagt?“

Hinter uns ein Einfamilienhaus am Dorfrand. Vor uns über der Straße ein Maisfeld. Über unseren Köpfen der Vollmond und die Sterne. Die Party im Haus ist voll im Gange. Die Musik schallt bis zu uns hinaus. Ich blicke durch die Scheiben und sehe feiernde Jugendliche. Wir sind glücklich oder sollten es zumindest sein und feiern die Nacht. Wir tanzen, bis die Sonne aufgeht und zeigen uns ausgelassen. Wenn ich nach einer solchen Nacht nach Hause komme, fühle ich mich ausgelaugt und einsam. Ich frage mich, ob das, was in solchen Nächten geschieht, Auswirkungen auf mein weiteres Leben hat. Vielleicht, wenn es zu ungeschütztem Sex kommt. Vielleicht, wenn ich auf so einer Feier zu Drogen greife.

In jeder dieser Nächte gibt es mindestens einen Menschen, der einer solchen Nacht einen Zauber einflößen möchte, einen Sinn: *Ich bin hergekommen, weil ..., und weil ich hergekommen bin, begegnete ich dir* oder *die Erfahrung brachte mich zu dieser Erkenntnis ... und das, das war Schicksal ...*

„Der Schlüssel eines glücklichen Lebens ist das Auskosten eines jeden Moments", sagt sie und lächelt nicht mehr. Die junge Frau mit den kurzen dunklen Haaren und den dunklen Augen blickt nach oben, so, als hätte sie diese Antwort von weit her empfangen und lediglich ausgesprochen.

„Nicht jeder Moment ist glücklich, um diesen auszukosten", entgegne ich.

„Jeder Moment ist wertvoll, egal ob glücklich oder unglücklich, Mister *Batman*."

Die junge Frau ist nicht mehr frech. Sie ... wie soll ich sagen, es hat vorhin schon an meiner Tür geklopft, doch diesmal öffne ich sie und lasse *Catwoman* in meine Welt hinein.

„Wie ist dein Name?", frage ich sie.

„Angelika, und deiner?"

„Chris."

Wenn der Zauber Einlass fordert, sollte Einlass gewährt werden. Nun blicken wir beide hoch.

„Glaubst du, dass Sterne Einfluss auf unseren Lebensweg haben, Chris?"

„Wir bestehen aus Sternenstaub, also denke ich schon irgendwie."

„Wenn wir also fremdgesteuert werden, können wir im Grunde nichts für unser Unglück."

Angelika, wer hat dich uns geschickt? Waren es vielleicht die Sterne, weil wir ihnen schon so oft unsere Bewunderung ausgesprochen haben?

„Mein Vater sagt, wir haben einen freien Willen."

„Unser freier Wille gegen Billionen von Sternen: Ein ungleicher Kampf, findest du nicht auch?"

Angelika steht auf, dreht sich um und geht ins Haus.

Sie hat sich mir gezeigt. Sie hat ihren Rucksack abgelegt, ihn geöffnet und mir den Inhalt präsentiert. *Schau her, ich bin Angelika, gefällt dir, was ich bin?*

Ich schaue ihr nach. Von Kopf bis Fuß ein schöner Mensch mit schönen Worten, die aus einem schönen Geist entstammen. Mir fällt auf, dass sie gegangen ist, ohne versucht zu haben, mich zu küssen. Wie ist es, sie zu küssen? Würde es mir gefallen? Ist der Zauber, dem ich die Tür geöffnet habe, aus der Hintertür geflüchtet? War unsere Begegnung nur ein Missverständnis?

Ich stehe auf und folge ihr ins Haus.

„Hey Chris, wo warst du die ganze Zeit?"

„Nicht jetzt, Peter."

Ich quetsche mich durch die Gäste. Etwa mein Alter. Um die 17 Jahre alt. Ich stelle fest, es sind viel zu viele Leute für eine Hausparty und viel zu viel Alkohol für zu wenig Gäste. Das Verhältnis ist nicht stimmig. Jemand raucht Marihuana und der süße Duft hängt über unseren Köpfen. Ich drängle mich durch das Wohnzimmer, gehe die Treppe zum Obergeschoss halb hoch und suche sie. Mein Blick schweift von links nach rechts und von rechts nach links. Mein Blick ist also ein Scheibenwischer oder ein Rasensprenger.

„Suchst du mich?"

Ich drehe mich um. Mit einer Flasche Bier steht sie hinter mir, eine Stufe höher.

„Bilde dir ja nichts darauf ein", sage ich, doch sie kann sich sehr wohl etwas darauf einbilden.

Sie beugt sich hinunter und küsst mich. Erst berühren sich unsere Lippen und dann wird ein kurzes Tänzchen aufgeführt.

„Jetzt haben wir uns geküsst", sagt sie und irgendwie nervt mich diese Aufdringlichkeit, diese Arroganz, diese …

Gib es zu: Sie ist toll.

Das ist sie.

Ich greife nach ihrer Hand und sie folgt mir. Ich ziehe sie nach draußen, raus aus der Party, raus aus dem Nebel, der sie verschleiert, hinaus ins Klare.

„Bin ich dir nicht schön genug, dass du mich lieber ins Dunkle ziehst?"

Ist das ein Spiel? Bin ich ihr nur ein Spielzeug?

„Du kannst nicht ein Gespräch anzetteln und dann einfach so verschwinden."

„Ich bin nicht verschwunden."

„Du hast einen Kreis um uns herum gezeichnet, um mich danach darin allein zu lassen."

„Ich hab was getan?"

„Egal, ich habe keine Lust auf Spielchen, geh rein und verschwinde. Ich hab gesagt, was ich sagen wollte."

Es ist nicht das, was ich gedacht habe. Manchmal spielen uns Worte nur was vor. Hat sie mir vorhin etwas vorgespielt?

„Ich wollte doch nur wissen, ob du an mir interessiert bist."

Sie klingt angriffslustig, nicht weiter verspielt. Sie ist direkt. Von vornherein schon. Sie fällt mit der Tür ins Haus. Immer wieder.

Wir schauen uns an. Beide, so scheint es, etwas erregt, ein wenig aus der Puste. Es ist wie ein beschauliches Knistern im Kaminofen und wir stehen davor und blicken uns tief in die Augen, so als würden wir versuchen, darin einzutauchen und etwas vom anderen zu stehlen. Vielleicht ja so etwas wie Liebe und ich frage: „Möchtest du an meinen Bordstein zurückkommen?"

Sie greift nach meiner Hand und das metaphorische Kaminfeuer zersprengt die metaphorischen Schamottesteine. Wir gehen an die Straße und setzen uns. Ihre Hand ist weich und feucht. Die Party interessiert mich nicht. Sie hat mich nie interessiert. Nichts hat mich interessiert. Doch jetzt lodert es in mir.

Ist das Liebe?

Ich weiß nicht, wie sich Liebe anfühlt.

„Warum bist du hier?", fragt sie mich.

„Mein bester Freund Peter hat mich angefleht, ihn zu begleiten. Eine Party ohne mich sei keine Party, sagte er. Und du, warum bist du hier?"

„Ich bin die Organisatorin, meine Eltern haben das Haus verkauft, morgen findet der restliche Umzug statt, ich übernachte hier allein und das ist eine Abschiedsfeier. Die heutige Nacht ist ein Dankeschön für die schöne Zeit, die ich hier drin verbracht habe."

„Deshalb bin ich dir also aufgefallen, weil ich nicht eingeladen war."

„Du siehst traurig aus."

„Du bist merkwürdig", sage ich.

Angelika steht auf.

„Du bist aufmüpfig und außerdem, wer ist hier merkwürdig? Du sitzt hier draußen allein und suchst den Schlüssel des Glücks. Das ist zwar eeecht cool, aber kein normaler Mensch in unserem Alter tut so etwas."

„Du bist die merkwürdigste Person, die mir je über den Weg gelaufen ist. Wollen wir die Feier nicht Feier sein lassen und unsere eigene Party in unserem Kreis steigen lassen? Hier draußen. Unter den Sternen. Und der Mond schaut uns dabei zu. Was sagst du?"

Fledermäuse zischen über uns hinweg, Angelika ballt die Fäuste, öffnet die Hände und ballt die Fäuste. Sie blickt zurück ins Haus, dann hoch in den Himmel, ehe sie zu mir herunterschaut, lächelt und sich zu mir setzt.

„Du bist echt cool", sagt sie.

Dass ich *cool* sei, höre ich zum ersten Mal. *Freak*, hat sich da schon eher etabliert.

„Ahuuuuu …", Angelika heult den Mond an und ich lache und sie lacht und aus dem *Sie* und *Ich* ist ein *Wir* geworden.

„Wir lachen", stelle ich fest.

„Ja, aus dem *Du* und *Ich* ist ein *Wir* geworden."

Sie kann Gedanken lesen.

„Wenn der Zauber Einlass fordert, hat man mir mal gesagt, soll ich Einlass gewähren."

Sie greift nach meiner Hand.

„Wer hat das gesagt?"

„Meine Mutter und sie hat das von meinem Vater."

„Ein schlauer Mann."

„Ja, das war er."

Ich küsse meine Finger und strecke sie in die Luft.

„Das tut mir leid", sagt Angelika und ich antworte: „Das muss es nicht. Ich habe ihn nie kennengelernt. Er ist vor meiner Geburt gestorben. Meine Mutter erzählt viel von ihm."

„Meine Eltern lassen sich scheiden und mein Vater ist ein Arschloch. Zumindest sagt Mama das immer."

„Deshalb wird das Haus verkauft?"

„Wir ziehen in eine Drei-Zimmer-Wohnung, Mama und ich."

„Und dein Vater?"

„Ist zu seiner Neuen gezogen."

„Meine Mama und ich sind auch zu zweit. Sie sagt, niemand könnte mich so sehr lieben, wie mein Vater es getan hätte. Lieber ist sie allein mit mir, als sich jemanden anzulachen, der mich schlecht behandeln würde", sage ich.

Angelika lehnt ihren Kopf an meine Schulter und singt.

Alle meine Entchen
Schwimmen auf dem See
Schwimmen auf dem See
Köpfchen ...

Sie stoppt.

„Was ist los?", frage ich.

„War das Leben nicht einfacher, als wir nichts voneinander wussten? Jetzt schleppe ich deine und meine Lasten mit mir herum und umgekehrt. Sind wir nicht zu schwach, unser Geist nicht zu zerbrechlich? Stünde Y für Last und X für psychisches Zerbröseln, müsste es doch Y mal 2 = X heißen. Mama sagt immer, *hätte ich deinen Vater mit seinem Psychoscheiß bloß nie kennengelernt.*"

Sie reibt sich die Augen. Hat sie sich Tränen weggewischt?

„Mein Vater sagte meiner Mutter, dass eine Partnerschaft genau dafür gedacht sei. Die Schwierigkeiten des Lebens würden sich am besten zu zweit bewältigen lassen", entgegne ich ihr und es fühlt sich irgendwie so an, als wären wir wie Yin und Yang, sie der Treibsand und ich die rettende Liane.

Wir kennen uns nicht. Wir erzählen uns unsere Sorgen. Sind wir unsere Kummerkästen?

„Ist es das, was du willst?", frage ich.

„Was meinst du?"

„Möchtest du einen Kummerkasten in mir gefunden haben?"

Sie hebt ihren Kopf, schaut nach vorn und streckt ihren Zeigefinger aus.

„Schau, ein Glühwürmchen."

Da ist kein Glühwürmchen.

„Ich verstehe", sage ich.

„Es ist zu früh, dem Zauber auf Wiedersehen zu sagen, Chris."

Es ist zu früh für alles: sich zu binden, sich sein Innerstes zu zeigen, sich bloßzustellen. Ich meine, wir sind doch erst zwei Siebzehnjährige, die auf der langen Straße des Lebens stehen. Es ist einfach zu früh, sich so zu fühlen, wie ich mich gerade fühle – zwei Fremde, die im Begriff sind, sich vertraut zu werden, und die lange Straße des Lebens formt mir ein Ortsschild. Möchte ich denn jetzt schon ankommen?

„Im Schlaf furze ich so laut, dass ich davon wach werde", sage ich und lege nun meinen Kopf auf ihre Schulter.

Wir lachen.

„Ich schlafwandle. Meine Mutter hat mir mal erzählt, dass ich sie und Papa mal beim Sex erwischt und *Spiegeleier* gerufen hätte."

Wir erzählen uns, was wir uns nicht erzählen sollten. Es ist, als ließe ich sie in mein Schloss und erklärte ihr, wo der Schlüssel für die Schatzkammer zu finden sei: *Hier hast du mich und stell mit mir an, was du möchtest.*

„Du bist der coolste Junge, den ich je getroffen habe."

„Das ist das erste Mal, dass ich sowas höre."

„Was hörst du normalerweise?"

„Freak."

„Peter ist ein Freak, aber nicht du."

„Wir sind beste Freunde, also …"

„Was macht dich so freakig, denkst du?"

„Ich denke zu viel nach. In meinem Kopf herrscht zu viel Chaos."

„Schieß los, Mister *Batman für Arme*."

Sie steht auf, streckt beide Hände in die Luft und ruft: „Jeder, der sich für Philosophie Schrägstrich Psychologie interessiert, reckt die Hände in den Nachthimmel."

Ich lache und sie setzt sich wieder.

„Du willst es wissen?"

„Unbedingt."

„Warum? Warum ist alles so, wie es ist? Du, ich, die Welt, das Universum. Manchmal frage ich mich, ob ich ein offenes Buch für andere bin. Wenn das so ist, schreiben sie mir mein Leben. Ich bin eine Marionette. Ich frage mich, warum ich dir ins Haus gefolgt bin."

Sie lächelt.

„Vielleicht bist du mir gefolgt, weil du eben ein Freak bist. Spaß beiseite, das Leben ist ein Dominoeffekt, meinst du nicht auch?"

Ich blicke in ihre dunklen Augen und meine Ohren empfangen eine Schwingung, die von einsamen Nächten erzählt. Von Nächten, die sich in der Vergangenheit wälzen und nicht aufhören, das Gewissen mit Schmutz zu bewerfen. Mein Vater sagte mal: *Das Leben ist eine Autofahrt. Schaust du nur nach hinten, baust du vorne Unfälle.*

„Wie es scheint, sind wir beide etwas freakig", sage ich.

„Ein Freak hat einen anderen Freak geküsst."

„So ist es geschehen."

„Du kannst gut küssen. Wie kriegst du die Mädels rum? Du bist kein Süßholzraspler und auch kein Draufgänger. Was ist deine Masche?"

„Du nervst", sage ich leise.

„Ich wusste, du hast eine Masche. Weißt du, jeder hat eine Masche."

Im selben Augenblick kommen zwei Mädchen und ein Junge aus dem Haus gestürmt. Zuerst sehen wir sie aus dem Augenwinkel und dann hören wir sie rufen.

„Angelika, Angelika", brüllen sie und zuerst steht Angelika auf und dann ich.

Wir laufen zur Eingangstür und dort steht Peter zwischen den Mädchen.

„Sie bringen sich noch um. Anton und Erwin, sie prügeln sich", sagt er.

Wir eilen hinein und wir erkennen einen Kreis mit zwei prügelnden Jungs darin. Niemand hält die beiden auseinander, niemand schreitet ein. Die eine Hälfte bejubelt Anton und die andere Hälfte bejubelt Erwin.

Das *Wir* wurde durchtrennt. Was vorhin noch Eins war, ist nunmehr geteilt. Ich blicke zu Angelika, wie sie sich zur Musikanlage durchringt. Ich dringe zu den beiden vor, packe zuerst Anton mit einem Judogriff und werfe ihn zu Boden und befördere auch Erwin gleich danach daneben auf den Teppich. Angelika reißt die Kabel der Musikanlage aus den

Steckdosen und brüllt: „Die Party ist zu Ende. Raus hier, sonst rufe ich die Bullerei."

Peter kommt zu mir: „Ich wusste gar nicht, dass du so etwas drauf hast."

„Ist auch nicht so wichtig."

Das Haus leert sich zügig. Anton stützt Erwin und ich höre einen von beiden flüstern: „Entschuldige man, ich wusste nichts von euch."

„Komm, lass uns zu mir. Ich hab noch etwas Wodka im Kleiderschrank", sagt Peter zu mir, doch mein Blick schweift umher. Ich habe Angelika verloren.

„Geh schon mal vor, ich komme nach."

„Was hast du vor?"

„Hab mein Portemonnaie verloren."

„Ich helfe dir suchen."

„Ne man, geh einfach."

„Alles in Ordnung?"

„Ja, alles cool. Möchte gerade etwas allein sein."

„Hm, okay, verstehe. Portemonnaie also", er lächelt und fügt an, „ich lege dir die Schlüssel einfach unter die Fußmatte, okay?"

„Alles klar, bis später."

Alle sind raus, das Haus ist leer und Angelika spurlos verschwunden.

Ob sie auch weg ist?

Wir suchen sie.

Einverstanden.

Sie ist toll.

Zweifelsohne.

Ich gehe nach hinten, raus in den Garten und da sitzt sie ganz allein und schaut hoch in die Sterne. Ich setze mich zu ihr.

„Interessante erste Begegnung, findest du nicht auch?", sage ich.

Sie lehnt ihren Kopf an meine Schulter.

„Ich verlasse den Ort, die Stadt, das Bundesland."

„Das Schicksal ist mir also so gnädig, dich noch kennengelernt zu haben. Scheint meine Glücksnacht zu sein."

„Du bist ein positiver Freak. Wie kommt das?"

„Mein Vater hat das zu meiner Mutter vor seinem Tod gesagt. Er sagte, er sei der glücklichste Mensch. Nie hätte er sich erträumen können, einen so wundervollen Menschen kennenzulernen. Meine Mutter sagt, er sei glücklich gestorben. Er soll ein einfacher Mann gewesen sein. Er erwartete nichts vom Leben, sondern bewältigte die Aufgaben, wie sie kamen."

„Für dein Alter bist du schon ziemlich erwachsen."

„Ja, das höre ich oft. Du aber auch."

„Du sagst, die Nacht sei ein Geschenk?"

„Sagtest du nicht vorhin, Glück sei das Auskosten eines jeden Moments?"

„Das war doch nur daher gebrabbelt. Das habe ich mal in irgendeinem Buch gelesen. Ich wollte dir nur imponieren."

Ich lege mich in den Rasen und sie beugt sich über mich.

„Das hast du geschafft", sage ich.

„Wie ist deine Masche?", fragt sie erneut.

„Das Universum ist unendlich im unendlichen Nichts. Es ist mit einem Staubkorn im Weltall zu vergleichen. In diesem Staubkorn existieren unzählige Galaxien, darunter die Milchstraße und irgendwann irgendwo unser Sonnensystem mit dem Planeten Erde, auf dem wir uns in die Augen schauen. Wir leben im Nichts. Geben wir der Nichtigkeit doch einen Grund, nicht weiter nichtig zu sein. Sei meine Unendlichkeit, nur für diesen einen Augenblick."

Sie küsst mich und ihre Lippen sind weich. Über solche Nächte werden Gedichte geschrieben. Über so ein Mädchen werden Geschichten erzählt. Ein Mädchen, ein Junge und eine Nacht. Sie duftet nach Bier und Schweiß. Ich glaube, ich liebe sie. Weiß ich denn überhaupt, wie sich Liebe anfühlt? Da fällt mir Erich Fried ein und ich frage mich, ob Angelika schon einmal eine Wasserratte gesehen hat, und ich frage sie.

„Hast du schon mal eine Wasserratte gesehen?"

Sie lacht und sagt: „Nein. Und du?"

Ein so herzliches Gesicht und ein so melodisches Lachen und ich verstehe Erich Fried und vielleicht ist das Liebe.

Irgendwann liegen wir nackt nebeneinander.

„Da, schau, die Sonne geht auf."

2

Glaubst du, alles kommt, wie es kommen sollte?
Ich weiß es nicht.

Mauersegler ziehen ihre Kreise über unsere Köpfe. Peter steht neben mir.

„Mauersegler können in der Luft schlafen", sage ich.

„Das sind Schwalben, Chris."

„Nein, sind es nicht. Ist auch egal. Ein schöner Tag heute."

„Und du willst es ganz sicher?"

„Die Hochzeit? Selbstverständlich. Es kommt nichts anderes infrage."

„Sie hat dich betrogen."

„Schnee von gestern, Peter. Ich kümmere mich um die Gegenwart und die Zukunft. Sich über das Gestern den Kopf zu zerbrechen, bringt mich nicht vorwärts."

„Das Gestern kann dein Morgen bestimmen, Chris."

Die Glocken läuten. Wir stehen draußen vor der Kirche. Meine Verlobte wird gleich vorgefahren und von ihrem Vater zu mir gebracht. Ich blicke hoch zu den Mauerseglern und entdecke einige Schwalben. Peter hatte also nicht ganz Unrecht. Der Himmel ist blau mit vereinzelten weichen Wolken, die nicht weich sind, sondern nur so aussehen. Wie Marshmallows. Ich schaue zu Peter, der immer wieder nervös auf sein Handy blickt.

Er ist schräg heute.

Ja, schon irgendwie.

Liebe ist schön. Sie lässt dich schweben. Selbst im Schlaf schwebt man. Die Liebe ist also ein Mauersegler und eine Muse.

„Liebe ist nicht alles."

Meine Mutter stellt sich zu mir. Es ist, als könne sie Gedanken lesen. Das war schon immer so. Vielleicht ist das ein Mutter-Kind-Ding und ich antworte ihr: „Liebe ist der Schlüssel zum Glück."

„Manchmal ist Liebe auch ein Untergang und nicht der richtige Weg."

Sie geht rüber zu meinem Onkel, ihrem Bruder. Peter steht nicht mehr bei mir. Er ist weg, so als hätte er nur auf eine Ablenkung gewartet, um sich davonzustehlen.

Was ist los mit ihm?

Ich weiß nicht.

Meine Verlobte wird aussehen, wie sie schon immer aussehen wollte. Sie wird aussehen, wie sie es mir schon oft beschrieben hat. Ein Duchesse-Kleid mit langer Schleppe, ein Schleier, ein Diadem, Strass an der Corsage. Sie wird funkeln, das Kleid, das Lächeln. Ich werde sie in Empfang nehmen und ich werde ihr das Ja-Wort geben. Ich werde ihre Tränen wegwischen und sie meine. Weinend Ja zur Liebe, Ja zur Zukunft, Ja zu allem. Ich werde sie auf Händen tragen, wie mein Vater meine Mutter auf Händen getragen hat und werde unseren zukünftigen Kindern das lehren, was mein Vater mir durch den Mund meiner Mutter gelehrt hat. Ich sehe meine Zukunft neben meiner Frau und meinen Kindern, in einer kleinen Wohnung oder einem Häuschen mit einem großen Hof. Was kümmern mich die Nebensächlichkeiten des Lebens, wenn mir meine Familie zur Seite steht: einer für alle und alle für einen.

Gestern noch sagte meine Verlobte, ich sei der Mann ihrer Träume und sie hoffe, ich könne ihr den Seitensprung vergeben. So etwas würde nie wieder vorkommen. Dieser verflixte Alkohol hätte sie nicht klar denken lassen können. Ihre Arbeitskollegin hätte sie *abgefüllt* und am nächsten Tag wachte sie neben einem Typen auf. Ihre Tränen waren echt. Ich weiß, wie echte Tränen aussehen. Meine Mutter weinte oft. Ich sah sie stets in der Küche mit einem Foto meines Vaters in den Händen weinen.

Hinten sehe ich eine Frau kommen. Sie trägt ein rotes Kleid mit roten Stöckelschuhen und ihr Haar ist schwarz und lockig und es reicht bis zu ihren Schultern. Sie lächelt und wirkt unbeholfen, so, als würde sie jemanden suchen. So, als hätte sie sich verlaufen oder als bräuchte sie Hilfe.

Sie kommt auf mich zu und steht nun direkt vor mir.

Ich habe keine Zeit, dir zu helfen, denke ich.

„Hi", sagt sie schließlich.

„Hi", antworte ich.

„Sie sehen gut aus, sind Sie der Bräutigam?"

„Ich bin beschäftigt", entgegne ich.

Sie duftet nach Frühling. Nach Neuanfang. Sie wirkt wie das erste Schneeglöckchen nach einem kalten und unerbittlichen Winter. Sie …

„Wie ist Ihr Name?", fragt sie, und ich? Ich möchte nicht weiter mit ihr sprechen. Schneeglöckchen sind giftig.

„*Bruce Wayne*", antworte ich.

Sie lacht, *ein melodisches Lachen*, und zeigt mit dem Finger auf die Glocke der Kirche.

„Schau", sagt sie und ich schaue hoch.

„Was ist da?", frage ich.

„Ein Glühwürmchen."

Da ist kein Glühwürmchen. Nur Vögel. Sie ist merkwürdig.

„Entschuldigen Sie, ich möchte bitte allein sein", sage ich.

„Und im Kopf verweilen? Du hast dich kein Stück geändert, oder?"

„Kennen wir uns?"

„Ich bin Peters Begleitung."

Peter hat mir nichts von einer Begleitung erzählt.

„Peter ist gerade nicht in der Nähe. Schauen Sie in der Kirche nach oder so. Nochmal: Ich möchte bitte allein sein."

Ich bekomme eine Textnachricht: *Stehen im Stau, verspäten uns. Wissen nicht, wie lange es dauert.*

Ich drehe mich um und gehe zum Pastor. Ich erkläre ihm, dass meine Verlobte im Stau stehe und er antwortet, dass er eine Stunde warten könne. Würde es länger dauern, müsse die Hochzeit verlegt werden.

Ich übermittle meinen vierundzwanzig Gästen die Nachricht und setze mich auf eine der Sitzbänke, die draußen entlang der Kirche angebracht sind. Es ist ein herrlich milder Tag. Ein herrlich milder Tag, der schön ausgehen sollte: mit gutem Essen und lustigen Unterhaltungen, mit Liebkosungen und einem Ring am Finger meiner Frau und einem Ring an meinem Finger.

24

Das Schneeglöckchen setzt sich zu mir und über uns sitzt eine Schwalbe auf der Regenrinne und musiziert uns ein Liedchen. Schönheit liegt stets im Auge des Betrachters. Ein Schneeglöckchen, eine Schwalbe, eine Kirche, schön gekleidete Gesellschaft einige Meter von uns entfernt, schöne schwarze Lackschuhe, schöner schwarzer Anzug mit Weste und einem weißen Brusttuch, eine schlecht geschnürte Krawatte, Sonne, blauer Himmel mit weißen Marshmallows, doch … innere Unruhe.

„Meinst du, das Leben ist ewig?", fragt sie und das *Sie* ist nun endgültig passé. Es war nur kurz da. Sie hat sich das *Du* ohne zu fragen einfach genommen.

„Was willst du von mir?"

„Ich möchte einen Kuss."

Sie ist merkwürdig.

Das ist sie.

„Peter wird gleich wieder zurück sein."

„Einen Kuss von dir, Bräutigam *Bruce Wayne*."

Und aufdringlich wie …

„Von mir? Du erinnerst mich an jemanden." Ich fasse mir an die Stirn und irgendwie war …

… es uns von Anfang an klar, nicht wahr?

„An wen?", fragt sie.

„Ich heirate heute!"

„Manchmal sitze ich einfach nur da und starre die Sterne an. Nachts kommt man immer auf absurde Ideen, weißt du? Es ist, als würde sich das Tor zur Sehnsucht öffnen. Ich bin einhundertachtzig Kilometer gefahren, um heute hier zu sein. Der Friseur war um fünf Uhr früh schon bei mir und die Strecke war kein Zuckerschlecken. Warum heiratest du so abgelegen? Ich stand zwei Stunden im Stau. Ein LKW lag quer auf der Autobahn. Ich dachte schon, ich komme zu spät."

„Fuck."

„Was ist?"

„A2, Höhe Dortmund?"

„Genau."

Ich stehe auf und gehe zu den Hochzeitsgästen.

„Gut möglich, dass Kirstin es nicht rechtzeitig schafft. Unfall auf der A2 und es staut sich bis zu zwei Stunden."

Peter ist noch immer nicht da. Wo zur Hölle steckt er?

Ich gehe zurück an die Bank, zu …

„Warum freust du dich?", frage ich.

„Wir haben Zeit, uns kennenzulernen."

„Nochmal, ich heirate heute!"

„Vielleicht. Ich würde mich über einen Kuss freuen."

„Das kann nicht dein Ernst sein!"

„Was genau?"

„Du!"

„Du erinnerst dich an mich?"

„Und du bist genauso aufdringlich wie damals!"

„Mach weiter, ich liebe Komplimente."

„Und dann besitzt du die Bodenlosigkeit, nach all den Jahren wieder aufzutauchen. An meiner Hochzeit! Herr Gott nochmal! Hast du gedacht, ich freue mich, dich zu sehen? Hast du gedacht, ich schließe dich in meine Arme und küsse dich? Nach allem, was geschehen ist?"

„Was ist denn geschehen?"

„Ja, nichts ist geschehen. Du bist in mein Leben getreten und am nächsten Tag warst du weg. Ich konnte dich nicht finden. Selbst als die sozialen Medien aufkamen, konnte ich dich nicht finden."

Sie lächelt nicht. Das freche Mädchen ist eine freche Frau geworden, die gerade verstummt ist.

„Du hast nach mir gesucht?", fragt sie.

„Und ob ich dich gesucht hab! Wie zur Hölle hat Peter dich gefunden?"

„Ich habe ihn gefunden."

„Wann?"

„Vor einem Jahr. In einem Café. Er hatte ein Date und hat sich wie eh und je bescheuert aufgeführt."

„Na super. Und dann habt ihr einen Plan ausgeheckt oder was? Er mag Kirstin nicht. Er mochte sie nie und da hat er sich gedacht, am Tag meiner Hochzeit macht ihr mir alles kaputt?"

„Nein, das ist so nicht richtig."

Warum bin ich aufgebracht?

Weil ... Weil was? Es ist doch nichts dabei. Eine Verflossene findet den Weg am Tag meiner Hochzeit zu mir zurück. Viel zu spät. Was ist schon dabei?

Weil ... Nichts weil! Meine Verlobte wird es nicht rechtzeitig zur Trauung schaffen. Na und? Es wird ein neuer Termin vereinbart. Die Gäste werden erneut eingeladen. Das Restaurant kann storniert werden. Keine große Hochzeit für den kleinen Geldbeutel.

Weil ...

Halt die Klappe, sprich es nicht aus!

„Ich will es auch nicht wissen", antworte ich und balle meine Fäuste, als könnte ich ...

Deine Wut zermalmen?

Ja!

Sie starrt in den Himmel.

„Sterne sind wunderschön, der Himmel ist wunderschön, das Leben ist wunderschön. Dem Zauber sollte Einlass gewährt werden, wenn er Einlass fordert. Ist das Leben nicht zauberhaft?"

Meine Mutter tritt an mich heran.

„Möchtest du uns nicht vorstellen?"

„Nein!"

„Ach, so ist das. Dann gehe ich besser", sagt sie lächelnd.

Warum freut sie sich? Warum freuen sich überhaupt alle? Die Hochzeit steht auf der Kippe. Ich drehe mich zu Angelika.

Zum Schneeglöckchen. Zum Frühlingsanfang. Zur Wiedergeburt.

Halt die Klappe!

„Wir sind keine siebzehn Jahre alt mehr. Wir sind erwachsene Menschen. Wir sind nicht mehr in der Pubertät, sondern in der Realität angelangt! Mit echten Problemen."

„Echte Probleme und die Realität existieren in der Jugend nicht? Ich fürchte, du bist nicht mehr so erwachsen, wie du es früher noch warst."

„Du nervst", sage ich zwar, doch ... seit wann bin ich so ein Idiot?

„Setz dich zu mir und erzähl mir von deiner Verlobten. Wir haben allem Anschein nach Zeit."

Wir hatten nur eine Nacht miteinander, was macht sie hier? Bedeutet es, ich bedeute ihr das, was sie mir bedeutet hat? Bedeutet es, sie und ich im Garten auf dem Rasen, das alles war mehr als nur eine Nacht, die in der Bedeutungslosigkeit verschwunden ist?

Angelika liegt noch immer neben uns.

Ich hab dir gesagt, du sollst es nicht aussprechen.

Ich bin verlobt und habe doch keinen neuen Kreis geschaffen? Verschwimmen im Erwachsenwerden Grenzen? Ist schwarz doch nur grau und weiß nur eine Illusion?

Setz dich, hat sie gesagt. Was soll diese Aufforderung? Bin ich immer noch so hilflos wie ein kleiner Schuljunge?

„Ich setze mich und erzähle dir von der wundervollsten Frau auf diesem Planeten."

Ich spreche es aus und es fühlt sich wie eine Lüge an. Vielleicht sind Gefühle wie Träume nur Schäume.

Ich setze mich zu ihr und meine Hand streift ihre und ihre Hand streift meine. Und wir sind im Kreis, der noch immer dort ist, wo er schon immer war – auf dem Bordstein vor ihrem alten Elternhaus, auf dem Rasen im Garten ...

... auf der Sitzbank an der Kirchenwand unter Schwalben und Mauerseglern.

„Ich habe sie vor zwei Jahren in einer Bar kennengelernt. Vielmehr müsste ich sagen, sie hat mich vor zwei Jahren in einer Bar angesprochen. Die Zeiten sind modern. Heutzutage sprechen Frauen Männer an. Sie kam zu mir und hat mich gefragt, ob sie mir etwas ausgeben könne. Ich saß mit Peter an einem Tisch in der Ecke. Zwei Gläser Whiskey-Cola zwischen uns und die Live-Band am anderen Ende der Bar spielte *Hotel California* von den *Eagles*. Sie setzte sich mir gegenüber zu Peter und hat mich angelächelt. Sie hat mich an dich erinnert, dieses ungestüm Aufdringliche. Ich sagte, *gern, ein Bier,* und sie stand auf, ging zur Bar und kam mit drei Bier zurück. Für mich, für sich und für Peter. Sie war aufmerksam, vielleicht war das ihre Masche, Männer aufzureißen. Sie blickte mir tief in die Augen und sagte, *du bist anders.* Ich weiß noch, wie sie duftete. Eine Mischung aus Alkohol, Schweiß, Zigarette und einem Zitrusduft.

Ich antwortete, *jeder Mensch ist anders.*"

Angelika lehnt ihren Kopf an meine Schulter.

„Damals warst du also noch erwachsen."

„Sie stellte sich vor. *Kirstin*, sagte sie und zwinkerte mir zu. Dann stand sie auf und ging wieder. Das war's. Sie verließ das Lokal und war weg."

„Clevere Frau."

„Ja, das war ihre Masche."

„Eine ziemlich gute, wie ich finde", sagt Angelika.

„Darf ich die Geschichte weiter fortführen?", fragt sie.

„Peter hat dir sicherlich alles erzählt."

„Es ist anders, als du denkst. Darf ich nun?"

„Na dann, *Miss Holmes*, schießen Sie los."

„Die Bar war und ist noch immer dein Stammlokal. Du kennst den Besitzer und das Personal beim Vornamen. Wenn du reinkommst, lautet die erste Frage, *wie immer?* Und du antwortest, *wie immer.* Sie war seit jenem Abend jeden Abend in dieser Bar. Es war nur eine Frage der Zeit, bis sie dich dort wieder antreffen würde."

„Meisterleistung. Ich muss jedoch anfügen, dass ich zwei Monate dienstlich im Ausland unterwegs war. Kirstin hat also zwei Monate lang jeden Abend in dieser Bar auf mich gewartet. Und dann tauchte ich auf, sah sie dort an der Theke sitzen und ging zu ihr."

„Lass mich raten, was du gesagt hast: *Du kannst doch kein Gespräch anzetteln und wieder abhauen!*"

„Bin ich so durchschaubar?"

„Nein, keineswegs. Das kommt mir alles nur sehr bekannt vor."

„Ich fragte sie, ob ich sie kennenlernen dürfte und sie antwortete, dass wir doch längst dabei seien. Zwei Monate lang schon."

„Eine ungewöhnlich schöne Antwort. Kirstin ist interessant."

„Sie ist interessant und das Beste, das mir passieren konnte", sage ich und irgendwie fühlt sich das weniger verlogen an als vorhin. Können Erinnerungen Gefühle wecken oder wecken Gefühle Erinnerungen? Wäre es dann nicht sowas wie 4 * 3 = 3 * 4? Nach all den Jahren stelle ich jetzt zumindest fest, dass es absurd war, mich an eine Frau zu klammern, die … die jetzt neben mir sitzt, ihren Kopf an meine Schulter lehnt und …

„Schneeglöckchen, Rotkleidchen", sage ich und Angelika lacht.

„Es heißt Schneeflöckchen, Weißröckchen."

„Passt gerade nur nicht."

Sie steht auf.

„Ein schöner Tag heute, findest du nicht auch, Chris?"

Ich warte auf Kirstin, auf den Ring, die Trauung, den Kuss am Ende der Zeremonie, ich warte und warte und …

Fühlt sich komisch an.

Wäre sie doch nur nie gekommen.

„Finde ich nicht", murmle ich.

Der Pastor schaut ungeduldig auf seine Armbanduhr, die Gäste scheinen noch immer bester Laune zu sein und Peter kommt lachend von hinten.

Peter zerbricht wie Glas in Scherben.

Nein, schau genau hin. Unsere Freundschaft ist zerbrochen, nicht Peter.

Mein Handy vibriert: *Stehen noch immer im Stau.*

„Ich werde jetzt wieder fahren." Angelika klingt enttäuscht. Was hat sie erwartet?

Und was haben wir erwartet?

„Du kannst doch nicht …"

„… Ein Gespräch anzetteln und wieder gehen? Doch, Chris, das kann ich und das werde ich tun. Weißt du, manchmal ist erwachsen werden scheiße. Aber auch das gehört zum Glücklichsein dazu."

Peter stellt sich zu uns.

„Hey Angelika, wie ich sehe, hast du Chris bereits getroffen."

„War schön, euch wiedergesehen zu haben, ihr Freaks", sagt sie, lächelt und geht.

„Was hast du getan?", fragt Peter.

„Nein! Was hast du getan?"

Peter, die Bar und ich, zwischen uns zwei Gläser Whiskey-Cola. Ein Lächeln auf unseren Lippen und die Erkenntnis am Ende: Es sollte nur bei dieser einen Nacht mit Angelika bleiben. Sie und ich seien nicht füreinander bestimmt gewesen. Das Schicksal hätte sich in dieser Nacht nur einen Spaß erlaubt.

Es war wie ein Klingelstreich, sagte ich am Ende immer wieder, *und ich bin darauf hereingefallen.*

„Nach all den Gesprächen, die wir geführt haben, habe ich gedacht, es wäre eine hervorragende Idee. Du und sie. Ein Schlussstrich. Und dann weiter geradeaus. Ohne Ablenkung. Dem Horizont entgegen. Also why not?"

„Ihr wolltet mich durcheinander bringen. Ich habe jahrelang über niemand anderen gesprochen. Du hast gehofft, sie taucht hier wieder auf und ich verfalle ihr, erinnere mich an damals und an was hätte sein können, wenn … Du willst mein Leben zerstören. Am Tag meiner Hochzeit, hast du die Absicht, mein Leben ins Chaos zu stürzen."

„Okay, Okay. Hör zu, du bist mein bester Freund. Ich möchte nur das Beste für dich. Dazu verpflichten sich beste Freunde nun mal. Angelika wollte dich von dieser Hochzeit abhalten und ja, ich gestehe, schuldig im Sinne der Anklage, ich bin durch und durch ihrer Meinung."

„Was missfällt dir an Kirstin? Warum mischst du dich in unser Leben ein?"

„Sie hat dich betrogen!"

„Das ist meine Angelegenheit! Nicht deine!"

„Als dein bester Freund sage ich dir: Blase die Hochzeit ab."

„Und da ist dir jedes Mittel recht?"

„Hat dir Angelika nichts erzählt? Sie kennt Kirstin aus der Psychiatrie. Sie waren in Therapie, suizidale Gedanken, haben sich ein Zimmer geteilt, haben über ihre Träume gesprochen, über das was war und wie es werden könnte. Man, Chris, Angelika hat nur von dir erzählt, Tag ein Tag aus und davon wie ihr euch kennengelernt habt, wie ihr im Garten auf dem Rasen gelegen hättet, euch die Sterne angeschaut habt: *Die Liebe ist ein Teil des Universums* – das ist von dir, das hast du ihr gesagt. Angelika hat diese Nacht nie vergessen können. Sie sagte zu Kirstin, dass sie irgendwann psychisch gesund sei und dann komme sie zu dir und sie hoffe, es sei noch nicht zu spät. Kirstin kennt dich länger, als du glaubst, und sie wusste von Anfang an, wie sie dich um den Finger wickeln konnte. Deshalb ist Angelika heute gekommen. Sie wollte, dass du die Wahrheit erfährst."

„Was für eine Soap-Scheiße erzählst du mir da? Und das soll ich dir glauben? Du hasst Kirstin, das ist die Wahrheit! Und dann schleppst du mir Angelika zu meiner Hochzeit an. Wie viele Abende und Nächte haben wir zusammengesessen und erzählt? Wie oft habe ich dir erzählt, wie fantastisch diese eine Nacht mit Angelika war? Die Krönung ist ja, du kommst mir mit einer schlechten Suizidgeschichte aus irgendeinem schlechten Drama um die Ecke."

„Sie wollte dich kontaktieren, man. All die Zeit hat sie nur an dich gedacht und daran, wie schön alles sein könnte."

„Warum ist sie nicht gekommen?"

Ich brülle ihn an. Der zerbrochene Peter zerfällt zu Staub und wird vom Wind hinfortgeweht. Lebewohl, Peter. Was du auch sagst, unsere Freundschaft spielt sich nur noch in der Vergangenheit ab.

„Sie hatte damals schon einen Selbstmordversuch hinter sich, Chris. Sie wollte sich ihr Glück nicht kaputt machen, noch bevor es angefangen hat. Glaub es oder glaub es nicht. Kirstin ist zumindest nicht die, für die du sie hältst. Das sage ich dir schon lange."

„Einen Haufen Scheiße, erzählst du mir! Du bist doch nur eifersüchtig, weil du allein bist!"

„Lieber allein sein als eine Schlange an meiner Seite."

Angelika ist weg. Es ist, als wäre sie nie hier gewesen, als sei alles nur Einbildung gewesen. Ist das alles überhaupt real? Meine Hochzeit, die Verlobte, die es nicht rechtzeitig schafft, ein bester Freund, der kein bester Freund mehr ist, meine lächelnde Mutter, die zu mir herüberblickt. Warum wirkt sie so glücklich? Haben mich die Gäste nicht brüllen gehört? Ist ihnen Kirstin genauso ein Dorn im Auge wie Peter?

Ich gehe rüber zu meiner Mutter.

„Warum lächelst du so?", frage ich und unterdrücke meinen Zorn.

„Die Frau eben, du magst sie."

„Ach so, du glaubst also, sie hat mich durcheinander gebracht. Du bist also Peters Meinung. Seid ihr deshalb alle so glücklich gestimmt? Die Verlobte kommt zu spät und die Hochzeit fällt aus? Ist es das, was ihr wollt?"

Ich brülle sie an und mir laufen Tränen über die Wangen.

Warum sind wir so aufgebracht?

Vielleicht ...

35

Ich will es nicht hören!

„Hör mir zu, mein Sohn. Dein Vater hätte nicht gewollt, dass du Kirstin heiratest."

„Mein Vater ist aber nicht hier! Er ist tot! Du kannst nicht in seinem Namen sprechen, weil du nicht weißt, was er gesagt hätte. Vielleicht hätte er Kirstin geliebt oder ich ihn gehasst, weil er ein fürchterlicher Vater gewesen wäre!"

Mein Handy klingelt. Ich gehe ran.

„Hi, Schatz."

Kirstin weint.

„Ich glaube, die Hochzeit fällt heute aus. Wir sind noch dreißig Minuten entfernt und kommen kaum vorwärts."

Ich wische mir die Tränen vom Gesicht.

„Ich spreche mit dem Pastor, vielleicht kriegen wir zeitig einen neuen Termin."

„Es tut mir so leid."

„Das muss es nicht. Fahr nach Hause. Wir treffen uns dort."

Ich lege auf. Es ist ruhig. Niemand freut sich mehr. Alle Augen sind auf mich gerichtet: Gute Ohren hören nur das Wesentliche.

„Du hast recht", sagt meine Mutter, „doch ich habe bemerkt, dass diese lockige Frau ein Feuer in dir entfacht hat, das Kirstin nicht entfachen kann."

„So ein Quatsch", sage ich nur, gehe rüber zum Pastor und frage ihn, ob wir den Termin verschieben können.

Wir gehen in die Kirche, passieren den Altar, laufen durch eine Tür und befinden uns in einem Büro. Er schlägt ein Büchlein auf und sagt:

„An Wochenenden in zwei Monaten, unter der Woche jederzeit."

„Glauben Sie an Gott?", frage ich.

„Ich bin Pastor, mein Junge."

„Ich frage mich nur, ob Gott uns Zeichen schickt und wenn ja, wie schaffen wir es, diese richtig zu deuten?"

„Der Herr steckt in uns. Du kannst unseren Herren nicht erdenken, du kannst ihn nur erfühlen."

„Ich verstehe", antworte ich.

„Was verstehst du, mein Junge?"

Der Pastor wirkt ein wenig senil.

„Danke, Pastor."

„Danke wofür?"

Ist er wirklich ein seniler Mann?

Ich verlasse das Büro, verlasse die Kirche und stehe vor den Gästen.

„Die Hochzeit fällt aus", rufe ich und gehe zügig zum Parkplatz, spüre die Blicke der Hochzeitsgäste, die sich wie rostige Nägel in meinen Rücken bohren, steige ins Auto und fahre los nach Hause. Peter läuft dem Auto hinterher, winkt und brüllt mir etwas nach. Wahrscheinlich sowas wie „*Warte*" und ich frage mich, auf wen oder worauf ich warten sollte.

Die Sonne verschwindet gerade hinter dem Horizont, der Abend wird frisch und ich stehe in der Küche und brate mir drei Spiegeleier. Kirstin ist noch nicht zurück und ich trage noch immer meinen Anzug. Ich habe eine Idee, wir werden im Wohnzimmer heiraten. Ohne Pastor und ohne Gäste. Nur sie und ich unter der Wohnzimmerlampe und über dem Gebäude irgendwo im Himmel der Segen Gottes. Ich warte auf sie und wenn sie hereintritt, werde ich sie in meine Arme schließen, sie trösten, weil sie weinen wird. Ich werde ihr die Schuhe ausziehen. Sie ist mein Aschenputtel und ich ihr Prinz und später, wenn wir im Bett liegen, werde ich sie nach Angelika fragen. Ob sie sich kennen würden, würde ich fragen. Und sie wird „*Wer?*" fragen und ich werde lächeln und ihr von der Geschichte erzählen, die mir Peter auftischen wollte.

Die Tür öffnet sich und Kirstin steht an der Türschwelle. Ein Hochzeitsstrauß in der rechten Hand, das Diadem im Haar, der Schleier vor ihrem Gesicht, ein funkelnder Oberkörper und eine lange Schleppe.

„Es tut mir leid", sagt sie.

Ich gehe zu ihr, sie schließt die Tür hinter sich, ich nehme ihr den Blumenstrauß ab und werfe ihn hinter mir auf den hellen Escheboden. Dann schiebe ich ihr den Brautschleier nach hinten und küsse sie.

„Alles ist gut", sage ich, doch gar nichts ist gut. Der Kuss ist kein richtiger Kuss. Kirstin ist nicht die richtige Kirstin.

„Nein, ist es nicht. Das sollte der schönste Tag meines Lebens werden und er ist zum schrecklichsten geworden", sagt sie.

Ich drücke sie an mich und denke an Angelika, denke daran, wie sie mir ihren Kopf an die Schulter legte. Die Begegnung war zu kurz, die Unterhaltung nicht tief genug.

Zu kurz für was? Nicht tief genug für was?

Für ein Sie und Ich.

Aber ... Es gibt doch gar kein Sie und Ich.

„Glaubst du, die Sterne haben Einfluss auf unser Leben?", frage ich.

„Was? Wovon sprichst du?"

„Ich spreche davon, dass wir aus Sternenstaub bestehen und wir im Universum von Sternen umgeben sind."

„Was möchtest du mir damit sagen? Glaubst du etwa, das Heute war Schicksal? Die Sterne hätten eine perfekte Konstellation gebildet, um unsere Hochzeit zu verhindern? Das ist albern, Chris."

„Ich glaube, wir sollten darüber reden. Vielleicht sollte es so sein, dass wir heute nicht heiraten."

Was zur Hölle rede ich da? Angelika ist aufgetaucht und ich spiele verrückt?

Kirstin drückt mich von sich weg. Ein Schubser, der kein wirklicher Schubser war. Es war wie ein *Geh nicht*, doch ich bin zwei Schritte zurückgewichen.

„Du kannst mir doch nicht verzeihen. Der Seitensprung, er geht dir nicht aus dem Kopf! Warum hast du mir dann einen Antrag gemacht? Oder hat dir Peter irgendeinen Floh ins Ohr gesetzt? Ich mag ihn nicht, ich mochte ihn noch nie, diesen ekligen Kerl. Hab ich dir erzählt, was bei dem Date zwischen ihm und meiner Cousine geschehen ist? Er hat im Restaurant gefurzt und gerülpst. Es war ein Desaster. Wie kannst du nur mit ihm befreundet sein?"

„Das bin ich nicht mehr."

Ich gehe zurück in die Küche. Meine Eier habe ich verbrannt. Egal. Ich tische mir auf.

„Möchtest du auch was essen?", frage ich.

„Was bist du nicht mehr? Mit ihm befreundet? Warum gehst du weg und wechselst einfach das Thema? Du möchtest mich verlassen, richtig?"

„Ich habe Hunger und ich habe mir die Spiegeleier verbrannt, möchtest du nun auch was essen oder nicht?"

Kirstin steht im Wohnzimmer. Allein. Im Hochzeitskleid. Kein Bräutigam an ihrer Seite. Geplatzte Hochzeit endet in der Mitte eines Raumes.

„Ich ziehe mich um. Mach mir auch drei Spiegeleier. Ich verhungere!", sagt sie leise.

Sie verschwindet ins Schlafzimmer.

„Ich habe ihm heute die Freundschaft gekündigt", rufe ich.

„Gut! Er ist ein Schwein", entgegnet sie mir.

Ich schlage die Eier auf. Sie fragt nicht nach dem *Warum*. Sie fragt gar nichts. Vielleicht fürchtet sie sich vor der Antwort. Doch von allen Möglichkeiten, die es geben könnte, wäre sie wohl nie auf die Wahrheit gestoßen. Die Eier sind schnell fertig, ölig, wie sie es am liebsten hat. Ich fülle ihren Teller und wir setzen uns an den Tisch.

„Wenn du mir nicht verzeihen kannst, sollten wir das heute noch beenden", sagt sie zwar, doch ich spüre ein Zittern in ihrer Stimme, eine Schwingung, die stattdessen *Verlass mich nicht* meint.

Vielleicht irren wir uns.

Ja, vielleicht.

Was ist, wenn Peter uns die Wahrheit erzählt hat?

Und dann?

Wir müssten Angelika suchen und sie um Verzeihung bitten.

Warum?

Wir müssten ihr erklären, dass wir noch immer in unserem Kreis liegen. Sie auf uns. Der nächste Tag sei noch immer nicht angebrochen. Wir würden noch immer dort liegen. Zusammen.

Und Kirstin?

„Kennst du eine Angelika aus irgendeiner Psychiatrie?"

Ich falle nun mit der Tür ins Haus und ich wünsche mir, dieses eine befreiende *JA* zu hören.

Ich würde meine Klamotten packen und zu meiner Mutter fahren, die Wohnung kündigen, diese Partnerschaft mit Kirstin beenden.

So einfach eine Partnerschaft beenden? Für eine Frau aus unserer Jugend, die wir nie wirklich kennengelernt haben?

Gib mir nur ein *JA* und die Trennung fällt mir leicht. Bezeuge Peters Geschichte und ich bin fort. Für immer.

„Nein", antwortet sie schließlich, „was für eine Psychiatrie?"

„Suizidale Gedanken."

„Ich war nie in einer Psychiatrie."

„Aber du hattest eine schwere depressive Phase."

„Ja, aber das sagte ich dir doch bereits."

Wir essen unsere Eier.

„Wir sollten uns trennen", sagt sie, steht auf, holt uns zwei Gläser, eine Flasche Wasser und gießt uns ein. Kirstin ist schön. Wie schön sie wirklich ist, fällt mir jetzt erst auf.

„Ich will das nicht", sage ich.

„Ich auch nicht", antwortet sie.

Schweigsame Zeit ist den Gefühlen und den Gedanken gewidmet. Schweigsame Zeit heilt.

„Es ist schön, nicht wahr, Chris?"

„Wovon sprichst du?"

„Wir kommen uns an dem Punkt näher, an dem wir uns gleichzeitig entfernen. Wir sind nah und fern im selben Augenblick."

„Wie Leben und Tod", antworte ich.

„Ich kenne eine Angelika", sagt sie schließlich, „aus einer Psychiatrie. Sie ist der Grund, warum ich dich damals in der Bar angesprochen habe. Sie hat mir dich gezeigt. Im Internet. Sie erzählte jeden Tag von dir. Und irgendwann verliebte ich mich in dich, noch bevor wir uns kennengelernt haben."

Also doch. Wenn man eines über Kirstin sagen kann, dann, dass sie in ihrer Verlogenheit irgendwie ehrlich ist.

„Das ist die Basis, auf der unsere Beziehung aufgebaut ist?"

„Meine Geschichte mit dir fing in einer Psychiatrie an. Deine Geschichte mit mir hingegen begann in der Bar mit einer Flasche Bier und einem Lächeln und einem Spiel, das ich nur gewinnen konnte. Ich wollte dich an sie erinnern, an diese Nacht mit ihr auf der Party, im Garten, auf dem Rasen. Ich bin ein verlogenes Stück Scheiße, Chris, doch ich wollte dich so sehr, wie nichts anderes auf dieser untröstlichen Welt."

Ich lächle nur.

Doch uns ist nur zum Weinen zumute, richtig?

„Wie hast du davon erfahren?", fragt sie leise.

„Peter hat es mir erzählt und er weiß es von ihr."

„Hast du ihm deshalb die Freundschaft gekündigt? Weil du ihm nicht geglaubt hast?"

„Nein. Weil er mein Leben durcheinander bringt. Das machen Freunde nicht."

„Dass sie irgendwann in Erscheinung treten würde, damit war zu rechnen. Sie liebt dich wahrscheinlich noch immer. Und ich kann es ihr nicht verübeln."

„Angelika war heute da. Sie hat nach dir gefragt und nachdem ich von dir erzählt habe, ist sie aufgestanden und ist gegangen. Von ihr habe ich nichts erfahren."

„Am Tag unserer Hochzeit also. Ganz schön hinterhältig."

„Ja, ganz schön hinterhältig."

Ich stehe auf und hole eine offene Flasche Wein und kippe uns die Gläser voll.

„Ich habe dich bewusst betrogen, Chris."

„Das ist doch schon lange nicht mehr wichtig."

„Ich wollte sicher gehen, ob das mit uns für immer halten kann."

„Zu welchem Ergebnis bist du gekommen?"

„Ich habe mich oft verraten, doch nichts war schäbiger als das Gefühl, dich betrogen zu haben."

„Hat es dir wenigstens Spaß bereitet?"

„Ja, das hat es", sagt sie, „und das macht die Sache doch nur noch schäbiger."

„Wollen wir es also beenden?"

„Ja."

Ich trinke den Wein in einem Zug aus, stehe auf, packe ein paar Klamotten in einen Rucksack und gehe zur Tür.

„Ich liebe dich", sage ich, doch irgendwie fühlt es sich nicht nach einem *„Ich liebe dich"* an, eher nach einem *„Ich liebte dich"* und vielleicht bedeutet ihr *„Ich liebe dich"* nichts anderes als mein *„Ich liebe dich"*. Ich gehe die Stufen hinunter und höre Kirstin weinen und schreien und die Nachbarn hören mich vermutlich im Treppenhaus schluchzen. Zwei verletzte Seelen reichen sich die Hände.

Eine Beziehung auf Basis einer Lüge – war das Scheitern eine Frage der Zeit?

Nein. Wir hätten auch bleiben können.

Ich verlasse das Gebäude, gehe zum Parkplatz, steige ins Auto und fahre los.

Vielleicht war ich damals wirklich erwachsener, als ich es heute bin. Am Tag unserer gescheiterten Hochzeit trennen wir uns. Das ist doch vollkommen bescheuert.

Ich bin bei meiner Mutter angekommen und klingle. Mit einem Summen öffnet sich die Haustür. Ich reiße sie auf, trete ein und steige die Stufen bis zu ihrer Wohnung hoch. Sie steht an der Tür und ich gehe wortlos hinein.

„Was ist los?", fragt sie.

„Wir haben uns getrennt."

Ich erkenne weder Freude noch Trauer.

„Verstehe", sagt sie, „wegen der Anderen."

„Der Pastor meinte, Gott sei in uns und er sei nur zu erfühlen."

Meine Mutter schließt die Tür.

„Warum weichst du mir aus?"

Ich hätte antworten können, dass ich von Anfang an belogen wurde und ich mit so einer Illoyalität einfach nicht umgehen könne.

„Ich habe geweint: vorhin bei mir im Treppenhaus, auf dem Weg hierher, auf dem Parkplatz."

„Die Lockige hat dich umgehauen, was. Woher kennt ihr euch?"

„Ich glaube, ich habe Angst."

„Komm, wir setzen uns in die Küche."

Ich folge ihr durch den schmalen Gang und wir setzen uns an den kleinen Esstisch an der Wand mit zwei gegenüberliegenden Stühlen. Ich lehne meinen Kopf an die weiß gestrichene kahle Wand. Sie riecht nach frittierten Pommes und Zigaretten. Meine Mutter sieht immer älter aus. Glatte Haut wird ledrig und faltig. Es blicken mich Augen an, die schon viel gesehen haben. Wenn das Schicksal es so will, werde ich irgendwann dort hinkommen, wo meine Mutter sich heute befindet. Und dort, wo ich gerade bin, war sie schon lange vorbeigelaufen. Meine Mutter war auch mal ein Kind, dieses Kind wurde irgendwann erwachsen und wurde Mutter eines Sohnes, das wiederum ein Kind war und nun erwachsen ist. Der Kreislauf setzt sich fort. Die Eskapaden eines Lebens wiederholen sich. Die Verflechtungen des Erwachsenwerdens sind mit Unsicherheiten bespickt. Ich bin unsicher. Und wenn ich es bin, wird sie es auch gewesen sein. Ist es richtig oder falsch? Ist es gut oder schlecht? Zwangsläufig werden Fehler begangen, die vielleicht keine Fehler sind, weil uns der Vergleich fehlt. Es werden Entscheidungen getroffen, mit denen wir leben müssen, ohne an ihnen zu verzweifeln. Kirstin hat gelogen. Angelika hat verschwiegen. Und ich?

Wir haben uns möglicherweise selbst belogen.

„Mir ist gerade etwas klar geworden, Mama."

„Dass es richtig war, es mit Kirstin zu beenden?"

„Wir haben nie über Papa gesprochen."

„Wir reden doch ständig über deinen Vater."

„Du hast mir nie erzählt, wie er aufgewachsen ist, du hast mir nie euer Zusammenleben geschildert. Alles, was von Papa übrig geblieben ist, sind seine Aphorismen."

Meine Mutter ist wie eine unkaputtbare Zitiermaschine, die jauchzt und stöhnt und immerwährend die Zeilen meines Vaters herunterplappert. So, als gäbe es ihn nur in seinen Zeilen und nicht in seinen Taten. Und vielleicht ist das auch so. Vielleicht habe ich nie einen Vater gehabt. Was weiß ich schon über ihn? Heute ist der Tag der Aufklärung. Kirstin, Angelika, meine Mutter …

Wir?

„Er sagte …"

„Hör auf", schreie ich, „das alles ergibt keinen Sinn! Ich sehe es deutlicher als jemals zuvor. Du hast mich angelogen. All die Jahre. Weißt du, ich hab mich von Kirstin getrennt und gerade eben erkannt, dass die Liebe ein Ideal ist. Die Liebe ist aber nicht perfekt, nicht wahr? Sie ist scheiße! Sag es, Papa war ein Schwein, richtig? Du wolltest nicht, dass ich genauso werde und hast ihn verlassen, mich ihm entzogen, richtig? Du verheimlichst mir die Wahrheit!"

Meine Mutter weint.

46

„Hör auf", sagt sie, „bitte, hör auf."

Kirstins Tränen waren echt, der Wunsch, mich zu heiraten war echt, eine verkorkste Partnerschaft ist echt. Wie viele Idealpartnerschaften wird es da draußen auf diesem Planeten wohl geben? Was muss getan werden, um genau diese Idealpartnerschaft leben zu können?

„*Die Familie steht über allem. Ist das nicht so? Ich ehre meine Partnerin und lasse niemanden in unseren Kreis, ich lasse mich von meinem Ziel eine lebenslange Liebe zu leben, nicht abbringen.* So sollte es doch laufen. Doch so läuft das nicht. Es geht den meisten um sich selbst. *Warum ich …, warum mir …, aber ich …* Ihr mischt euch alle ein. Kirstin und ich gehen euch überhaupt nichts an – Peter, *Schneeglöckchen*, dich! Ich spucke auf eure Weisheiten und Ratschläge. Schaut auf euch, nicht auf mich."

„Aber ich bin deine Mutter und ich will doch nur das Beste für dich."

„Du bist nicht Chris und Kirstin. Dein Bestes für mich kann nicht mein Bestes für mich sein. Der Vater, den du für mich gemalt hast, den es vielleicht gar nicht gibt, hat mal gesagt, dass Demut der Schlüssel zum Glück sei. Wann hast du mir dieses Zitat vorgetragen? Gar nicht so lange her, richtig? Wo hast du es gelesen, in irgendeiner Ratgeberbroschüre?"

„Dein Vater ist gestorben, was redest du da, Chris?"

„Jetzt, Mama, jetzt kannst du mir die Wahrheit erzählen. Die Säulen unserer Gesellschaft sind aus Lügen und Halbwahrheiten erbaut! Ich erkenne es endlich! Es ist glasklar! Das Leben ist ein Lügenzyklus."

Mein Handy vibriert.

Komm zu mir zurück, schreibt Kirstin.

Zurück wohin? Meine Persönlichkeit entpuppt sich als eine Marionettenfigur meiner Mutter und meines imaginären Vaters. Ich bin nicht der, den sie liebt. Ich weiß ja nicht einmal mehr selbst, wer ich bin.

„Mein Sohn."

Ich schlage auf den Küchentisch.

„Spuck endlich aus, dass du mich belogen hast!"

Alles ist eine Lüge gewesen. Meine Kindheit, mein Leben, meine Freundschaften. Also ist das Scheitern mit Kirstin, das Scheitern meiner Mutter.

Suchen wir gerade einen Sündenbock?

War die Nacht mit Angelika auch nur eine Lüge? War all das, was sie so zauberhaft gemacht hat, nur die falsche Vorstellung einer Liebe, die nicht meine war?

„Dein Vater war ein Trinker und hat mich geschlagen. Ich bin abgehauen, als ich erfahren habe, dass ich schwanger mit dir war. So hören sich alle dramatischen Geschichten an. Meine nicht. Du willst die Wahrheit hören? Ich kenne deinen Vater nicht. Er ist gestorben, noch bevor ich ihn richtig kennenlernen konnte. Wir haben uns ein paar Mal getroffen, hatten eines Abends Sex und er ist auf sein Motorrad aufgesprungen und ist niemals zu Hause angekommen. Diese ganzen Aphorismen stammen aus seinen Notizbüchern. Er wollte Schriftsteller werden. Ich habe sie von seinen Eltern bekommen. *Für den Sohn, den er sich immer gewünscht hat*, sagten sie. Ja, ich habe eine Beziehung erfunden, die es niemals gegeben hat. Ich habe einen Menschen vorgespielt, von dem ich nicht wusste, wie er wirklich war. Jede Zeile in seinen Notizen brachte mich dir näher, mein Sohn. Du stürmst hier rein und willst etwas vom Leben und einer Partnerschaft verstanden haben, dabei steckst du noch in den Kinderschuhen. Ich weiß nicht alles, aber du wirst genau wie ich nach der Wahrheit streben. Bis zum Tod. So schrieb es auch dein Vater. Wir lernen nicht aus. Dein Wissen jetzt ist nicht absolut, sondern wandelbar. Was heute richtig ist, könnte morgen schon wieder falsch sein."

Ich schweige.

„Du stürmst mein Zuhause und brüllst mich an. So, als müsstest du mich zur Rechenschaft ziehen. Es ist okay, schließlich habe ich dich belogen und vielleicht hätte ich ehrlicher zu dir sein sollen."

„Ich möchte die Notizbücher sehen."

Meine Mutter steht auf, verlässt die Küche und kommt mit vier Notizbüchern zurück.

„Hier steht alles drin. Auch, was er von mir gehalten hat. Achtmal haben wir uns getroffen. Ich war verliebt und über die Jahre wurde es Liebe zu einem Gespenst."

Ich blättere durch die Notizbücher. Eine schöne Schrift. Ordentlich.

„Ich werde wieder fahren, Mama."

„Wohin?"

„Ich gehe zu Kirstin. Es war ein harter Tag für uns alle."

„Wer war diese Frau heute?"

„Das war *Schneeglöckchen*, Mama. Sie würde dir gefallen."

„Schöner Kosename", sie lächelt.

„Dein Vater nannte mich Liebesprinzessin. Möchtest du sie mir nicht vorstellen?"

„Wenn das Schicksal es so will, werde ich sie dir eines Tages vorstellen."

3

Warum stehen wir hier?
Weil wir einsam sind.

Nachtclubs sind nicht mein Fall. Die Musik ist zu laut, es stinkt nach Schweiß, Hormone hängen über unseren Köpfen von der Decke wie rosa Wölkchen in der Luft, Hände verirren sich unter die Röcke von Frauen. Manche von ihnen schleppen einen Hodensack mit sich herum. Manche finden es toll, manche nicht. Die Begrabschten fühlen sich belästigt. Die Türsteher erledigen ihren Job und die Grabscher fliegen aus dem Club – gestikulierende Arme zeichnen Blumen in der Luft. Die Welt ist bunt geworden. Dem einen schmeckt es, dem anderen nicht.

Ich gehe nicht gern in Nachtclubs. In solchen Nächten bin ich lieber draußen, schaue mir die Sterne an oder verwickle mich in tiefgründige Gespräche.

So habe ich Damian kennengelernt:

Die belügen uns. Ich meine 9/11 oder der Vatikan, die Mondlandung. Was ich sagen will: Die Wahrheit ist eine Lüge!

Und ich antwortete:

Ja man, und die Erde ist eine Scheibe und die erzählen uns, das sie rund sei. Das ist doch verrückt.

Und er erwiderte:

Alter, was bist du denn für einer? Mit Verschwörungstheoretikern möchte ich nichts zu tun haben.

Er ging weg und ich rief hinterher:

Das ist nicht von mir. Ich habe das irgendwo gelesen. Geh nicht.

Doch Damian ist gegangen und ich folgte ihm mit meinem Blick, bis er um die Ecke verschwand. Seither bin ich ihm nicht nochmal begegnet.

Heute Nacht stehe ich an der Straße neben einer Frau. Sie ist allein und ich bin allein. Sie riecht nach Schweiß. Irgendwie süß und lieblich.

Zwei einsame Gestalten mitten in der Nacht. Zwei einsame Gestalten in der Großstadt mitten in der Nacht könnten nicht einsamer sein.

„Ich kann das nicht", sage ich zu ihr und nehme mir vor, heute nicht über eine flache Erde zu sprechen.

Sie dreht sich zu mir, blondes Haar unter blauer Cap, schmale Lippen, Nasenring.

„Dann lass es sein", sagt sie.

„Ich kann keine Frauen ansprechen. So gern ich auch will, mir fehlen die Worte."

„Dafür quatschst du aber ganz schön viel."

„Ich heiße Chris, und du?"

„Ich heiße *zieh Leine und nerve jemand anderen.*"

Sie guckt sich um, winkt einer Frau zu und entfernt sich von mir. Sie ist doch nicht allein. Oder sie gibt nur vor, diese Frau zu kennen. Sie geht rüber und sagt vielleicht sowas wie: *Der Kerl belästigt mich.*

Pflastersteine unter meinen Füßen, zwei Türsteher einige Meter hinter meinem Rücken, eine lange Straße vor mir und eine bodenlose Leere in meinem Herzen.

Vielleicht hätten wir Kirstin damals doch nicht verlassen sollen.

Ja, vielleicht.

„Also ich finde, das war hervorragend", höre ich, drehe mich um und sehe einer lächelnden Frau in die Augen.

„Ich heiße Chris und du?", sage ich.

„Ich heiße *Zieh Leine*", sagt sie laut und lacht.

„Ah, verstehe, ich gehe schon wieder rein", antworte ich und mache den ersten Schritt zurück in den Club, zurück zu den schwitzenden, tanzenden, grölenden und grunzenden Hormonzerstäubern.

„Nein, ähm, ich wollte nur witzig sein. Geh nicht."

„Also ich dachte schon, ich könnte das nicht, aber du übertriffst mich."

„Ich fand, das war gut. Improvisiert oder Masche?"

„Improvisiert."

„Ich hab dich im Club schon gesehen. Du hast coole Moves drauf."

„*Zieh Leine,* war wenigstens ehrlich."

„Okay, du tanzt echt scheiße, aber ich mag die Art, wie du guckst."

„Ich bin mir nicht sicher – verarschst du mich?"

Sie ist klein, reicht mir bis zur Brust.

„Ich meine es todernst", sagt sie und nach wenigen Sekunden der Stille lachen wir.

„Das Lachen macht es nicht authentischer", sage ich.

„Du hast einen traurigen Blick. Das gefällt mir."

„Mein Vater sagte, *hinter einem traurigen Blick steckt eine traurige Geschichte.*"

„Das klingt interessant."

„Du hast rotes Haar."

„Sieht man das im Dunkeln? Ich heiße übrigens Sandra und finde dich echt heiß."

Erzähl ihr etwas über unsere flache Erde. Das wird ihr sicher gefallen.

Haha, sehr lustig.

Das Schönste an der Liebe ist das Kennenlernen. Mein Vater war da anderer Meinung. Er sagte, das Schönste an der Liebe sei die Beständigkeit. Das Überwinden von Problemen. Nichts sei unromantischer als der Glaube, die Schwierigkeiten des Lebens allein bewältigen zu müssen.

„Baggerst du mich gerade an?", frage ich.

„Aber sowas von. Willst du mit zu mir kommen?"

„Bitte?"

„War nur ein Spaß. Nein, das war kein Spaß. Doch, doch sowas von."

Sie lacht und irgendwie … irgendwie … „Du bist aufdringlich, Schneeglöckchen", sage ich.

„Ich hab dich vorhin sprechen gehört. Mit deiner Begleitung. Zuerst dachte ich, ihr wärt ein Paar, doch dann ist sie mit einem Anderen abgehauen und du bist noch hier. Du hast davon gesprochen, wie wundersam das Universum mit unseren Träumen umgehen würde. Alles würde sich so fügen, wie es sich fügen soll. *Früher oder später*, sagtest du. Das war *boom*, verstehst du, als wäre in meinem Kopf eine Farbbombe explodiert. Blau und gelb und grün und …"

Sie gestikuliert mit ihren Händen und sie spricht ohne Punkt und Komma.

„Du bist die aufdringlichste Person, die mir je über den Weg gelaufen ist."

„Oh, entschuldige, ich dachte, ich muss dich ansprechen und dir das sagen, bevor du verschwindest."

„Wofür entschuldigst du dich?"

„Für meine Aufdringlichkeit."

Ich lache.

„Ich gehe ja schon", sagt sie.

„Nein, geh nicht. Leiste mir heute Gesellschaft. Hunger auf einen Döner?"

„Ja. Gern. Warte. Ich hole meine Jacke und bin gleich wieder da."

Ich warte draußen vor dem Club und ich schaue zu den Sternen.

„Sie ist süß", sage ich, „habt ihr sie mir geschickt? Wenn ja, danke dafür. Ich denke, der Rest liegt an uns, oder? Das Kennenlernen. Die Zweisamkeit. Papa sagte, *wir passen nicht zusammen*, gibt es nicht. Ich bin anderer Meinung. Wenn ihr sie mir geschickt habt, dann können wir ja nur zusammenpassen, so wie ich mit Angelika und Kirstin zusammengepasst habe. Nur die Umstände waren andere, nicht wahr?"

Wenig später kommt Sandra mit ihrer Jacke herausgelaufen. Sie strahlt.

„Ich bin so aufgeregt", sagt sie.

„Warum?"

„Wir haben viel gemeinsam. Ich rede gern mit den Sternen und dem Universum und ich glaube, du tust das auch."

Sie spricht also mit den Sternen.

Wie wir.

„Hinten am Ende der Straße steht ein Dönerladen. An Wochenenden ist er die ganze Nacht geöffnet", sage ich und frage: „Welche Hobbys hast du?"

„Ich lese unheimlich gern Romane. Und Sex. Ich liebe Sex."

„Erotikromane?"

„Auch. Aber ich liebe die Klassiker. Ich kann mir Sprache in Wellen vorstellen. Sprache ist für mich Schwingung. Je schwungvoller die Sprache, desto schöner der Schreibstil."

„Mein Vater wollte Schriftsteller werden."

„Und warum ist er es nicht geworden?"

„Er ist vor meiner Geburt gestorben. Meine Mutter sagt, es sei ein Motorradunfall gewesen, doch sicher bin ich mir nicht."

„Also hat deine Mutter gesagt, dass er einer werden wollte?"

„Nein, er selbst. Er hatte viele Notizbücher und er schrieb seine Gedanken auf."

„Und du glaubst nicht an einen Unfall?"

„Er schrieb, die Nacht ist Nährboden für dunkle Gedanken. Vielleicht ein Indiz für Selbstmord. Wer weiß das schon. Die Wahrheit werde ich wohl nie erfahren. Zu tief für die ersten Sätze einer neuen Bekanntschaft?"

Wir spazieren die Straße entlang. Sie hakt sich bei mir unter.

„Nein, erzähl mir mehr. Je tiefer das Gespräch, desto näher kommen wir uns. Es gibt nichts Schöneres als ein tiefgründiges Gespräch zweier Fremder. Es ist, als würde jemand den Boden unter einem aufreißen und man taucht in warmes Wasser ein. Unser Geist vermischt sich auf eine leichte und verspielte Art."

Ich lache und sie senkt ihren Kopf.

„Ich verstehe diese Metapher nicht", sage ich.

„Tut mir leid."

„Nein, das muss es nicht. Manchmal muss etwas keinen Sinn ergeben, um schön zu sein."

Sandra, denke ich mir, *ich glaube, ich könnte dich lieben* und zeitgleich frage ich mich: Werde ich den Menschen lieben oder meine Fantasie oder gar mich selbst, weil ich mir selbst in diesem Menschen begegne? Kann man also jemanden lieben, ohne sich selbst zu lieben? Ist jegliche Art von Liebe dann nichts weiter als purer Egoismus?

„Du denkst über etwas nach. Ich sehe es dir an."

„Ich frage mich gerade, ob Liebe egoistisch ist."

Sandra bleibt stehen, zieht mich zu sich und umarmt mich. Sie steht auf Zehenspitzen und ehe ich diese Umarmung genießen kann, lässt sie mich schon wieder los. Für einen kurzen Moment war ich nicht mehr allein. Sie hat sich was genommen und wieder zurückgegeben: mich.

„Liebe ist immer egoistisch", flüstert sie, um dann zu brüllen: „Ich habe mir genommen, was ich brauchte und als ich es nicht mehr brauchte, habe ich es zurückgegeben: dich!"

Sie ist ...

... verrückt. Herrlich, nicht wahr?

„Also wenn man aus Liebe handelt, handelt man egoistisch?"

„Nur, wenn du Freude an deinem Handeln hast. Wenn du hilfst, obwohl du nicht helfen willst, nennt man das Altruismus. Das ist wahrhaftige Ehrlichkeit."

Ich widerspreche ihr nicht. Sie klingt, als wisse sie, worüber sie spricht.

„Du bist so still", sagt sie.

„Ich versuche, die Liebe zu verstehen."

„Jemand, der den Wunsch hat, Gutes zu tun, der wünscht sich im Umkehrschluss Leid, um sich erfüllen zu können. Ich hab das mal in einem Lied gehört."

„Das ergibt Sinn."

„Man sollte sich stets reflektieren. Seine Wünsche und Gefühle und Gedanken. Es ist nie so, wie es scheint."

„Mein Vater sagte, man solle nicht so viel im Kopf leben."

„Vielleicht weil er geglaubt hat, dass ihn das krank gemacht hat. Jemand, der viel im Kopf unterwegs ist und dabei glücklich ist, der würde genau das empfehlen: *Sei im Kopf unterwegs*."

Wir kommen am Dönerladen an. Wir treten ein und warten. Viele Tische sind belegt, einige sind frei und irgendwann sind wir an der Reihe und wir bestellen zwei kleine Hähnchenfleischdöner extra scharf, dazu zwei Ayran und zwei Uludag.

Wir setzen uns.

„Hast du Psychologie oder Philosophie studiert? Du wirkst so belesen. Ich fühle mich wie Sokrates' Schüler", sage ich und sie schmunzelt.

„Nein, ich bin an keiner Uni und war nie an einer gewesen. Ich habe eine Ausbildung zur Frisörin gemacht."

Ich schmunzle nun auch.

„Was ist daran so lustig?", fragt sie.

Gespräche stimulieren.

„Kennst du das, wenn es im Gehirn blitzt und funkt und man alles in einer Millisekunde gleichzeitig verbinden kann, aber Minuten bräuchte, um wiederzugeben, was man alles gedacht hat? Ich hab dich gefragt, ob du studiert hast, dabei ist das Leben selbst ein Studium und der Tod unser Abschluss."

„Das meinte ich vorhin mit dem Wasser und dem Vermischen. Sag, Gespräche sind doch geiler als Sex, oder?"

Sie beißt in ihren Döner und spricht mit vollem Mund.

„Ich meine, du sagst es ja selbst. Du erfährst gerade den größten Orgasmus auf geistiger Ebene. Der Geist ist größer, als der Körper es je sein könnte. Kannst du fliegen? Ich meine, kannst du mit den Armen schlagen und hochsteigen?"

„Nein."

„Kannst du dir vorstellen, wie du den Dönerladen verlässt, auf die Straße gehst, mit den Armen wedelst und in die Lüfte hochsteigst?"

„Wie Peter Pan?"

„Ja, nur, dass du dafür die Arme schwingen musst."

„Ja, ich kann mir das vorstellen."

„Das ist der Beweis, dass dein Geist größer als dein Körper ist."

Vom Tisch nebenan kommt ein Lachen. Sind wir Entertainer? Hören sie unserem Gespräch zu und belustigen sich an uns? Oder ist das ein Lachen der Freude? Ein Erkenntnislachen vielleicht?

„Du bist verrückt", sage ich.

„Herrlich, oder?"

Ja, sowas von!

Ich esse und schweige und denke darüber nach, wie schön Worte sein können.

„Worte können Böses anrichten", sage ich stattdessen.

„Wer war die Frau heute an deiner Seite?"

„Meine Ex-Verlobte. Wir haben nur einander. Keine Freunde. Ich hatte mal einen Freund und sie eine Freundin, aber sie entpuppten sich als Arschlöcher."

„Getrennt und doch verbunden. Das ist schön. Warum habt ihr euch getrennt?"

„Ehrlich gesagt, weiß ich es nicht."

„Also liebst du sie noch immer."

„Ich mag sie."

„Heute ist ein guter Tag."

„Warum?"

„Weil ich dich kennenlernen darf."

Irgendwann sind wir fertig mit dem Essen, verlassen den Dönerladen und gehen.

„Kommst du noch mit zu mir?", fragt sie.

„Nein", sage ich.

„Werden wir uns wiedersehen?"

Ich greife nach meinem Handy und reiche es ihr herüber. Sie greift danach und tippt ihre Nummer ein.

„Du findest mich unter Sternenzauber."

Sie reicht mir ihr Handy herüber und ich tippe meine Nummer ein.

„Du findest mich unter meinem Namen, Chris."

Ich begleite sie zu einem Taxi. Sie küsst mich auf die Wange, sie wird weggefahren und ich blicke dem Taxi hinterher, wie ich Damian hinterhergeschaut habe. Doch heute ist es anders. Ich werde sie vielleicht wiedersehen.

Chris Sternenzauberempfänger? Ernsthaft?

Zu dick aufgetragen?

Wir hätten mal lieber die Flache-Erde-Karte ziehen sollen.

Idiot!

Ich gehe nach Hause, schließe die Tür auf, gehe duschen und werfe mich nackt ins Bett.

Irgendwann stehe ich auf, greife nach meinem Handy und rufe Kirstin an.

Erste Sekunde:

Wir rufen mitten in der Nacht an. Was erhoffen wir uns?

Sie ist der einzige Mensch in unserem Leben.

Zweite Sekunde:

Ruf unsere Mutter an, wenn du mit jemandem sprechen möchtest.

Sie wird mich nicht verstehen. Außerdem ist es mitten in der Nacht.

Dritte Sekunde:

Wir lieben Kirstin noch immer. Stimmts?

„Warum rufst du um diese Uhrzeit noch an?"

„Ich habe eine Frau kennengelernt."

„Oh, gut. Also bist du doch bereit für was Neues."

Kirstin gähnt, klingt nicht aufgeregt, eher gelangweilt.

„Ich weiß nicht. Eigentlich möchte ich über uns sprechen. Bist du allein?"

„Ja, ich bin allein. Meine Verabredung war ein Reinfall. Er hat nur über sich gesprochen, nachdem wir den Club verlassen haben. Er sagte, er mag dich. Was gibt es denn noch zwischen uns zu bereden?"

„Warum gehen wir unseren Lebensweg allein und nicht gemeinsam?"

„Weil wir uns nicht lieben, Chris."

„Und was ist, wenn es so etwas wie Liebe überhaupt nicht gibt? Was ist, wenn alles, was wir über die Liebe zu wissen glauben, uns nur eingeredet wurde? Dann wäre unsere Trennung ein Irrtum, richtig?"

„Zweifelst du etwa an dem einzig Schönen auf dieser Welt?"

„Nein, nur an dem, wie wir daran glauben."

„Meinst du nicht, es ist zu spät oder zu früh, um sich darüber zu unterhalten? Es ist gleich fünf Uhr morgens und wir haben uns vor vier Jahren getrennt. Nicht ein einziges Mal haben wir uns über die Gründe unserer Trennung unterhalten. Wir waren mit dieser Trennung einverstanden, weißt du noch? Du hast deine Gedanken mitgenommen und ich meine. Warum sollen wir ausgerechnet jetzt unseren Kopf ausschütteln und zeigen, was wir in ihm verborgen halten?"

„Sandra, meine neue Bekanntschaft, sie hat mich zum Nachdenken gebracht."

„Chris, du bist der einzige Mensch auf diesem Planeten, den ich kenne, der nichts anderes tut, als nachzudenken. Also, wenn überhaupt, hast du eine andere Perspektive zur Liebe bekommen."

Wenn sich nichts geändert hat, schläft Kirstin nackt, genau wie ich. Wir liegen also nackt mit unseren Telefonen am Ohr in unseren Betten.

Das ist eine Gemeinsamkeit. Frag sie, was sie von Gemeinsamkeiten in einer Beziehung hält. Wir hatten viele Gemeinsamkeiten. Weißt du noch?

Ich sage nichts mehr und Kirstin ist auch still, doch irgendwann höre ich sie seufzen und sie sagt:

„Ich habe gelogen, mein Date war kein Reinfall. Es war das beste Date seit langer Zeit und er möchte mich wiedersehen und ehrlich gesagt, möchte ich das auch. Wenn du nichts dagegen hast, würde ich jetzt schlafen und mir meine Worte für morgen zurechtlegen. Ich werde ihn anrufen."

„Okay, dann wünsche ich dir einen schönen Schlaf."

„Chris?"

„Ja?"

„Das Leben geht weiter."

„Ich weiß."

„Es ist niemand gestorben."

„Unsere Liebe ist gestorben."

„Und wir sind die Mörder. Stell dir vor, ich wäre zu dir in die Bar gegangen und hätte gesagt: *Ich heiße Kirstin. Du kennst mich zwar nicht, aber ich schwärme für dich schon*

*seit Monaten, weil Angelika jeden Tag von dir erzählt hat,
sodass ich nicht anders konnte, als dich kennenlernen zu
wollen. Ich habe dich gesucht und gefunden. Facebook sei
Dank. Wie sieht's mit einem Date aus?"*

„Das wäre schräg."

„Ja, das wäre es. Lass uns schlafen, Chris. Nach dem
Schlafen sieht die Sache schon wieder anders aus."

Wir legen auf …

… Und ich melde mich bei Sandra.

„Komm rum", sagt sie sofort. Kein Hallo, kein: *Was ist
passiert?* Sie nennt mir ihre Adresse, ihren Nachnamen und
ich ziehe mich an, steige ins Auto und fahre zu ihr.

Überstürzen wir die Sache nicht etwas?

Papa sagte: In der Spontanität liegt die Schönheit.

Fangen so Liebesgeschichten an, die bis zum Ende halten?

Irgendwann stehe ich vor einem Plattenbau, klingle, laufe
das Treppenhaus hoch und sie steht im Bademantel vor mir.

„Hey", sagt sie.

„Ich habe nachgedacht. Ich finde, Liebe ist nicht egoistisch, das kann sie gar nicht sein."

„Schön, dass du zu diesem Ergebnis gelangt bist. Bleib
länger als nur kurz. Bleib den ganzen Tag und dann, wenn es
passt, komm jeden Tag."

Ich trete in ihre Wohnung ein. Sie ist ein wenig unordentlich. Überall hängen Postkarten von der Decke. Sie sind
wie Eintrittskarten: *Schau ich bin das Meer, spring rein.* Sie
hängen über unseren Köpfen und ich bleibe stehen und greife nach einer Karte: Ein Shintō-Schrein mitten im Wald. Ei-

64

ne schöne Karte. Ein schöner Schrein, er hat etwas Erhabenes.

Ihre Wohnung ist wie ein Picasso. Die Wände sind bunt bemalt. Kubistische Augen starren mich an. Kubistische Lippen wirken, als wollten sie mich küssen. Pflanzen in jeder Ecke. Klamotten auf dem Boden.

„Du bist ganz schön unordentlich."

„Ich hab gestern Besuch gehabt."

„Und dann wirft man mit Klamotten um sich?"

Wir setzen uns ins Wohnzimmer.

„Möchtest du einen Kaffee?"

„Um diese Uhrzeit?"

„Ich stehe nicht so auf Regeln und Grenzen. Das Leben hört auf, wenn es aufhört und ob es überhaupt aufhört, wissen wir gar nicht", sagt sie.

Nicht ihre Wohnung ist ein Picasso, sondern sie selbst ist einer. Sie ist jede erdenkliche Perspektive, ein Shintō-Schrein, und ihre Wohnung ist ihr Wald und ihre Sprache ist Vogelgezwitscher.

„Dann trinke ich gern einen Kaffee", sage ich und stelle fest, ich bin dreidimensional, während sie hingegen durch alle Dimensionen schreitet. Sie ist jede einzelne Postkarte, jedes Kleidungsstück, jedes Wort, das sie spricht, jedes Lächeln und jede Geste.

Irgendwann kommt sie nackt mit zwei Tassen Kaffee und einer Packung Kondome zurück und ich lasse mich nicht zweimal bitten. Wir haben Sex auf dem Sofa. Zuerst einmal.

„Liebe ist nie egoistisch", sagt sie.

Dann zweimal.

„Aber es gibt Menschen, die die Liebe instrumentalisieren, um sich Vorteile zu verschaffen."

Dann dreimal.

„Es gibt nichts Schöneres als die Liebe."

Ich liege neben ihr.

„Mein Vater sagt, die zwei wichtigsten Dinge im Leben seien Liebe und Fantasie."

„Ich mag deinen Vater. Er hat dir viel gelehrt. Und das Schöne daran ist doch, dass dein Vater ein Held ist. Du hast ihn ohne Makel kennengelernt. Menschen machen Fehler, dein Vater hingegen hat dir gegenüber nie einen gemacht, weil er nie einen machen konnte."

Mein Handy klingelt. Es ist Kirstin.

„Was ist?", frage ich.

„Ich liebe dich noch immer", sagt sie und Sandra hört es.

„Komm zu mir. Lass uns ein Date haben. Ich erzähle dir alles über die Psychiatrie, wie ich Angelika kennengelernt habe und worüber wir gesprochen haben. Ich möchte bereinigen, was zwischen uns steht."

Ich sage nichts.

„Chris, bist du noch dran?"

„Lass uns später telefonieren, okay?"

„Okay."

Ich lege auf und Sandra lächelt.

„Deine Ex?"

„Ja, das war Kirstin, die Frau aus dem Club."

„Was verbindet euch mit dieser Angelika?"

„Du hast gute Ohren. Angelika ist eine Frau, mit der ich eine wundersame Nacht erlebt habe. Das ist so ein verzwicktes Ding."

„Das klingt interessant. Fremde Geschichten hören, sind ein Traum. Das sind mir die liebsten Nächte. Du scheinst ein spannendes Liebesleben geführt zu haben."

„Nein, überhaupt nicht. Ich bin ein ziemlich langweiliger Typ mit einem langweiligen Job, der ein langweiliges Leben führen möchte."

„Also ein Mann fürs Leben. Ziemlich romantisch und ganz schön stark. Ein langweiliges Leben führen zu wollen und den Verführungen des Lebens zu trotzen, erfordert viel Kraft."

Sandra verschiebt den Blickwinkel. Der Langweiler wird zum Helden und der Abenteurer wird zum mentalen Schwächling.

Sie ist interessant, nicht wahr?

Das ist sie.

„Warum liegen hier Klamotten auf dem Boden?", frage ich.

„Ich hab gestern meiner Freundin den Laufpass gegeben. Das sind die Kleider, die ich ihr geschenkt habe. Sie hat sie hier durch die Gegend geworfen."

„Liebst du sie noch?", frage ich.

„Schon ein bisschen."

Da liegen wir nun auf dem Sofa. Zwei einsame Gestalten, die sich in der Nacht gefunden haben und sich trösten.

„Warum hast du vorhin gemeint, Liebe sei egoistisch?"

„Ich wollte wissen, wie du über die Liebe denkst und dich aus der Reserve locken. Als ich dann gemerkt habe, dass du dir für deine Antwort Zeit nimmst, hast du mich beeindruckt. Jemanden beim Grübeln zu beobachten, macht mich scharf. Welchen Weg hast du bis zu deiner Erkenntnis zurückgelegt? Was hast du gegessen und getrunken? Wen hast du gesprochen? Erkenntnis braucht also Zeit und Weg. Und wenn du dich während deines Weges reflektierst, lernst du dich selbst kennen. Nichts ist schöner, als sich selbst zu kennen, findest du nicht auch? Was wirst du nun machen? Wirst du zu deiner Ex-Verlobten zurückkehren?"

„Mein Vater sagte, man solle sich keine Hintertür offen halten. Das ist so, als würde man die Wohnung nicht beziehen wollen, die man gekauft hat. Wenn es nur so einfach wäre. Es ist immer die Frage nach dem *Was-wäre-wenn*."

„Dein Vater hatte seine Erkenntnisse, du brauchst deine eigenen."

Irgendwann schlafen wir ein und wachen wieder auf. Wir haben Sex. Sie duftet schön, ihre Haut fühlt sich schön an.

„Holst du Brötchen? Der Bäcker ist hier nebenan. Ist eigentlich ein Café. Kannst du nicht verfehlen."

Ich ziehe mich an, hole Brötchen und komme wieder. Sie öffnet mir nackt die Tür. Beim Hereintreten blockiert sie mir den Weg.

„Was sind die zwei wichtigsten Dinge im Leben außer Liebe und Fantasie?", fragt sie.

„Meine Frau und meine Kinder, die ich noch nicht habe", antworte ich.

Sie zieht mich hinein, schließt die Tür, reißt mir die Brötchen aus der Hand und küsst mich.

„Ich hab den Tisch gedeckt", sagt sie, zieht sich einen Bademantel über und wir setzen uns in die Küche.

„Du solltest heute noch zu deiner Ex-Verlobten fahren", sagt sie, „und dann, wenn du dort warst und du dir sicher bist, was du willst, kommst du zu mir. Wir unterhalten uns, und wenn du willst, haben wir Sex miteinander. Ich bin frei."

Wir essen und trinken schweigend. Der Kaffee ist stark, die Brötchen sind knusprig und irgendwann frage ich:

„Was hat es mit den Postkarten auf sich?"

„Ich habe das Gefühl, sie sind ein Wegweiser. Jede Einzelne, die hier hängt, wurde mir geschenkt. Von Fremden, von Bekannten, von meiner Ex-Partnerin."

„Wie viele Länder sind das?"

„Postkarten aus fünf Ländern: Neuseeland, Japan, Griechenland, Türkei und Deutschland. Das Universum möchte mir etwas sagen. Wenn nicht mir, dann vielleicht jemandem aus meinem Umfeld, vielleicht ja dir. Die Wege des Universums sind unergründlich."

„Glaubst du etwa an eine höhere Macht?"

„Ich weiß nicht, aber was ich weiß: Alles wird so kommen, wie es kommen soll."

„Ich sollte nach dem Frühstück fahren."

„Ja, das solltest du."

„Und dann melde ich mich bei dir."

„Das musst du nicht."

„Wie viele Postkarten hängen von der Decke?"

„Ich habe nie gezählt."

„Du hast schöne rote Haare", sage ich und Sandra errötet. Nach dem Frühstück fahre ich zu Kirstin und wir reden den ganzen Tag.

„Tut mir leid, dass ich dich herbestellt habe", sagt sie.

„Das muss es nicht. Das Gespräch war überfällig."

„Liebst du mich denn noch?", fragt sie.

„Ja, aber ich bin bereit, loszulassen. Wie sieht es bei dir aus?"

„Ich liebe dich auch, aber auch ich bin bereit, loszulassen. Weiterhin Freunde?"

„Nach allem, was wir übereinander wissen, wäre es doch eine Verschwendung, diese Schwingung nicht weiter schwingen zu lassen, meinst du nicht auch?"

„Das ist etwas, was mir nicht fehlen wird."

„Was genau?"

„Dein esoterisches Geschwafel."

„Ich dachte, das magst du so an mir?"

„Das war nicht ernst gemeint, du Blödmann."

„Darf ich dich nochmal küssen?", frage ich.

„Nein. Ich muss die heutige Nähe verarbeiten. Schön, dass du gekommen bist."

Ich fahre nach Hause und melde mich nicht bei Sandra. Ich habe viele Fragen an sie, doch heute muss ich bei mir sein. Mich um mich kümmern. Meine Gedanken und Gefühle sortieren. Gleich morgen früh rufe ich sie an, um ihre

Stimme zu hören und wenn das Gespräch gut verläuft, frage ich nach ihrer Ex-Freundin und dann, irgendwann, frage ich, ob wir zusammen zu Abend essen wollen. Wenn ich dann zu ihr fahre, ist die Wohnung vielleicht aufgeräumt, doch das muss sie nicht sein. Mir gefallen die Postkarten. Mir gefallen ihre Haare. Mir gefallen ihre Sommersprossen und ich mag ihren Duft.

Ich gehe duschen, putze mir die Zähne, lege mich ins Bett, schalte den Fernseher ein und schlafe dabei ein.

4

„Hey Papa, können wir noch ein bisschen bleiben?"

Die Sonne scheint. Ich liege im Rasen und denke nach. Wie immer. Ich liege neben einem Löwenzahn und lächle etwas. Wer hätte gedacht, dass nichts so wird, wie man sich das vorgestellt hat: die Liebe, das Leben.

„Wie lange möchtest du noch bleiben?", frage ich.

„Eine Stunde?"

Ich genieße die Sonne, ich genieße meinen gelben pflanzlichen Begleiter an meiner Seite. Ich blicke in zwei leuchtende Augen, die sich eine schöne Zeit erhoffen.

„Oder lieber zwei?", schlage ich ihr vor und meine Tochter strahlt.

„Danke, Papaaaa."

Carlotta umarmt mich und läuft dann zu ihrer Freundin. „Zwei Stunden", höre ich sie ihr zurufen. Sie laufen zur Seilbahn und schwingen sich vom Hügel hinab. Laufen zurück und schwingen sich erneut hinab. Wieder und wieder. Unermüdlich. Der Wind in ihren Haaren. Das Lachen in ihren Gesichtern.

Carlotta schaut aus wie ihre Mutter. Rothaarig. Sommersprossen. Lächelnd.

„Chris? Bist du das?"

Ich blicke hoch. Eine Frau mit einem Gesicht, das mir bekannt vorkommt.

„Ich hatte einen Bruder, der so hieß. Er wollte *Batman* spielen. Hat es sich mit den falschen Leuten verscherzt. Irrsinnige Geschichte. Ich kenne zwar nicht alle Details, aber es war schrecklich. Viel Blut. Also nein, ich bin nicht Chris und ich möchte meinen Tag bitte allein verbringen."

Sie lacht und ihr Lachen erinnert mich an Löwenzahn, an Mauersegler, Schwalben und Schneeglöckchen. Ein Wind weht durch den Park und die Ahornblätter rascheln. Ein melodisches Lachen und raschelnde Ahornblätter – ein Orchesterkonzert also. Nur für mich.

„Ich bin es, Angelika", sagt sie und fällt wie immer mit der Tür ins Haus. Wie zauberhaft wäre es nur gewesen, wäre sie genauso verspielt wie damals. *Batman* und *Catwoman* sind gestorben. Angelika ist so schön wie eh und je. Ich blicke in ihre Augen und erkenne die Schritte meiner Tage und Monate und Jahre von damals bis heute. Die Liebe, die ich loslassen musste. Den Job, den ich liebte, und den Job, in dem ich heute beschäftigt bin. Die Umzüge, die Renovierungsarbeiten, die Streitereien, die Geburt meiner Tochter, die Gespräche, die ich führte, die Tränen, die ich vergoss – wen, glaubt sie, trifft sie heute an? Wem, glaube ich, begegne ich gerade? Wir sehen nicht aus wie damals, wir tragen nicht mehr dieselben Gedanken in uns wie damals. Wir sind neu.

Ich richte mich auf und ich sage: „Setz dich", und sie setzt sich brav wie ein Schulmädchen. Als hätte sie nur darauf gewartet, von mir aufgefordert zu werden.

„Du siehst gut aus", sagt sie, doch ich habe ein Alter erreicht, in dem Schönheit keine Rolle mehr spielt, zumindest nicht spielen sollte.

„Küssen wir uns heute noch?", fragt sie

„Aufdringlich wie eh und je. Nach so vielen Jahren ändern sich manche Dinge wohl nie." Sie lacht und ich lache mit ihr. Sie kramt eine Spraydose aus der Tasche und zieht einen weißen schaumigen Kreis um uns herum.

„Was soll das?", frage ich.

„Das ist unser Kreis", sagt sie.

Das ist nicht mehr unser Kreis.

Schon ziemlich lange nicht.

Unseren Kreis habe ich vor langer Zeit verlassen und bin seit dieser einen Nacht nie wieder in ihn zurückgekehrt.

Mein Vater sagte: *Erwachsen werden, ist ein schleichender Prozess. Es ist wie die Liebe und die Liebe ist wie eine unreife Banane. Sie muss erst reifen, um zu schmecken.*

„Bist du zufällig hier?", frage ich.

„Glaubst du etwa nicht?"

„Du bist gut vorbereitet."

„Kein Kontakt mehr zu Kirstin, kein Kontakt mehr zu Peter, die Dinge verändern sich, oder? Du bist nicht mehr der Junge von damals. Ich hingegen liebe genau diesen Jungen von damals noch immer."

„Zuweilen ist die Liebe nur eine Illusion."

„Hat das dein Vater gesagt?"

„Nein, das ist von mir."

„Du meinst, ich liebe dich gar nicht?"

„Wie hast du mich gefunden, Angelika?"

„Hast du Familie?"

Ich blicke rüber zu Carlotta.

„Ich habe eine Tochter", sage ich.

Angelika überlegt kurz.

„Geschieden?"

„Ja."

„Ich habe mich mit Kirstin getroffen. Sie hat mir viel über dich erzählt. Sie sagte, du hättest eine Frau kennengelernt und dann den Kontakt abgebrochen. Wir sind gute Freundinnen geworden, weißt du? Sie ist dir aber nicht böse. Den eigenen Weg müsse man allein bestreiten, sagte sie. Ich dachte, wenn jemand die Liebe verstünde, dann wärst du es und dann erfahre ich, dass du alleinerziehender Vater bist."

„Also war dir meine Situation schon vorher bekannt."

„Ja."

„Warum fragst du dann? Wieso bringst du mich in Verlegenheit?"

„Wer bist du, Chris? Wir werden alt, lass uns keine Zeit mehr verlieren."

Angelika steht auf, blickt in den Himmel, streckt die Arme hoch und ruft: „Ich bin gekommen, um dich kennenzulernen."

Sie hat einen Volltreffer.

Herrlich.

Carlotta blickt kurz zu uns herüber, beschäftigt sich aber nicht lange mit der *Verrückten* neben mir und spielt wieder mit ihrer Freundin.

Ich lache nicht, erinnere mich nur und antworte stattdessen: „Das Leben hält Hindernisse für uns bereit. Diese müssen wir meistern, wenn wir nicht untergehen wollen."

Sie setzt sich wieder zu mir und ihre Hand streift meine und sie duftet nach Herbst. Nicht mehr nach Frühling. Der Sommer ist an uns vorbeigerauscht.

„Erzähl mir von deiner Ex. Hast du dich getrennt?"

„Nein, sie hat uns verlassen. Carlotta ist bei mir und sie ist weg."

„Wie war sie?"

„Ein Picasso."

„Also muss sie schräg und bezaubernd gewesen sein."

Der Schaum des Kreises hat sich aufgelöst und ich lege mich hin. Der Himmel ist blau. Ein Storch segelt hoch oben an uns vorbei.

„Spielt keine Rolle mehr", sage ich.

Angelika legt sich neben mich.

„Was ist mit dir?", frage ich.

„Muss hart sein, alleinerziehend zu sein."

Sie weicht mir aus.

„Erzähl mir von deinem Psychiatrieaufenthalt", sage ich

„Wie ist das so, Kinder zu haben?", fragt sie.

„Ich bin nur der Vater. Was verstehe ich schon von den Leiden eines Mädchens, das irgendwann zu einer Frau wird? Erzähl mir nun endlich von dir. Was hast du die letzten Jahre so getrieben? Du warst doch bestimmt auf Tournee in irgendeinem Zirkus."

Angelika lacht.

„So wirke ich also auf dich?"

„Nein, so hat meine Sandra auf mich gewirkt und du erinnerst mich an sie."

Gut möglich, dass ich gerne Sandra in ihr sehen würde. Gut möglich, dass Angelika ihr gleicht.

„Ich bin viel gereist. Ich war tatsächlich auf Tournee. Jedoch nicht mit irgendeinem Zirkus. Ich war auf Tournee mit mir selbst. Wenn ich irgendetwas aus meiner psychiatrischen Zeit mitnehmen konnte, dann, dass alles einen Grund hat. Ich musste in mich gehen, um mich zu verstehen. Wer sich nicht versteht, wird immer und immer wieder vor den gleichen Aufgaben stehen. In meinem Fall wäre es der Suizid gewesen. Also war ich mit meinen Händen arbeiten. Und bei der Arbeit war ich ganz mit mir allein. Jeder findet für sich einen Weg, sich selbst zu begegnen. Für die einen ist es Meditation, für die anderen ist es mit den Händen etwas zu schaffen."

„So einfach?"

„Wäre es doch nur so."

Sie zeigt mir ihre vernarbten Unterarme und ich schlucke erstmal, bevor ich sage: „Sieht schlimm aus."

„Nicht so schlimm, wie es in mir ausgesehen hat. Diese Zerrissenheit. Diese stummen Schreie. Diese Angst. Diese verfluchte Angst. Diese gottverdammte Angst einfach nicht zu genügen – nicht dem Leben, nicht mal dem Tod zu genügen. Der Tod ..."

Sie blickt zum Himmel und kneift die Augen zusammen: „Es sind Jahre vergangen und was damals war, ist heute schon lange nicht mehr", sagt sie zwar, doch irgendwie ...

„Eine neue Angelika?", frage ich.

„Ja, vielleicht."

„... Einige Wochen nach deiner geplatzten Trauung mit Kirstin, wanderte ich nach Japan aus. Ich war eine Haushaltshilfe für einen deutschen Geschäftsmann. Nachdem dieser nach Deutschland zurückgekehrt war, wurde ich eine Haushaltshilfe für einen japanischen Geschäftsmann. Sie lebten draußen auf einem Dörfchen vor Tokyo in einem Holzhäuschen. Ich habe mich verliebt. Zuerst in den einen, dann in den anderen. Ich war einsam und Nähe wurde süß. In der Einsamkeit und in der Stille ist jedes Geräusch und jedes Zwitschern oder Rascheln eine Melodie. Handgriffe und Bewegungen waren anmutig, voller Grazie. Ich hatte Sex mit ihnen. Letztlich wurde ich für das Saubermachen und für den Sex bezahlt. Denn eines steht fest, sie haben mich nicht geliebt. Vielleicht meinen Körper, doch nicht mich, nicht meinen Geist. Ich hab es gerne getan, ich liebte es. Sex wurde zum Höhepunkt eines jeden Tages. In der Stille das Stöhnen, jede Bewegung, jeder Kuss das Extrem des Lebens. Hier bin ich, ich lebe und vereine mich mit der Liebe zu einem Schauspiel. Der Vorhang fällt.

Es waren zwei sehr attraktive Männer und sie bezahlten mich gut. Wenn man den ganzen Tag arbeitet, hat man keine Zeit für eine Frau, aber man hat Zeit für eine Geliebte. Ich putzte das Haus. Jeden Tag das gleiche Programm. Ich trug einen Kimono. Jeden Tag ein neues Gewand. Während der deutsche Mann grob und rabiat war, so könnte man den Beischlaf mit dem Japaner zeremoniell beschreiben. Ich finde, er war ein spezieller Mann. Er nahm sich Zeit, mich auszuziehen, kniete und verbeugte sich vor mir und dann schliefen wir miteinander. Wir redeten nicht. Nach dem Sex kochte ich ihm Tee. Er ging ins Büro und arbeitete weiter."

Wir kennen uns nicht, also erzählen wir uns unsere Leben und ich höre mir ihre Geschichte an und sie hört sich meine an. Nur Sandras Geschichte behalte ich in mir.

„Was hast du über dich in Japan gelernt?", frage ich.

„Dass Respekt schön ist."

„Wo fängt Respekt an?", frage ich.

„Bei mir. Respekt fängt bei mir an. Ich sollte mich respektieren. Was tat ich mir an und was tue ich mir an?"

„Das Leben ist eine Odyssee, oder?"

„Hat das dein Vater gesagt?"

„Nein, das ist von mir. Was kam nach Japan?"

„Neuseeland. Ich habe auf einem Bauernhof gearbeitet: Ziegelsteine gemauert, Kartoffeln geerntet, ein Dach gedeckt, ein Schwein geschlachtet. Ein ganzes Jahr lang wachte ich jeden Morgen sehr früh auf und begrüßte den Sonnenaufgang hinter den Hügeln unseres Bauernhofes. Jeden Morgen flutete das Licht unseren Hof in ein sattes Orange und ich spürte die Energie der Natur, lauschte dem Zwitschern der Vögel, dem Grunzen der Schweine, dem Meckern der Ziegen. Noch nie fühlte ich mich freier und lebendiger, noch nie war ich so sehr bei mir selbst wie in Neuseeland. Ich verdiente kein Geld. Na und? Ich habe gelebt. Ich spürte meine Glieder am Ende eines Tages und ich wusste, was ich getan habe, wusste, wofür ich gearbeitet habe – für mein Essen, für die Tiere, für den Hof. Manchmal schloss ich meine Augen, hörte die Fliegen summen, spürte die Vibrationen ihrer Flügelschläge, spürte die Sonne auf meinem verschwitzten Gesicht und ich lächelte. Für den Winter hackten wir Holz, im Winter selbst kümmerten wir uns hauptsächlich um das Vieh. Wir lebten und arbeiteten für uns. Nach einem Jahr kam der Abschied und ich kaufte mir ein Fahrrad und eine Campingausrüstung und bereiste das Land. Ich begrüßte zwar nicht mehr jeden Sonnenaufgang, doch ich starrte bei jeder Gelegenheit in den Nachthimmel. Sternenhimmel sind schöne Himmel."

„Eine schöne Perspektive auf das Leben."

„Wie irrsinnig nichtig unsere Weltanschauung ist. Wie glücklich man doch mit so wenig sein kann."

„Warst du denn glücklich?"

„Schließe deine Augen und stell dir vor, du bist frei."

Ich schließe meine Augen und ich stehe mit Carlotta auf einem Berg. Die vier Himmelsrichtungen zeichnen vier Bilder. Im Norden ist das Meer, im Westen ist der Regenwald, im Süden ist die Wüste und im Osten steht ein noch größerer Berg, über dem die Sonne scheint.

„Wir sind frei", flüstere ich, „doch ohne Carlotta gehe ich nirgendwo hin."

„Bist du nun glücklich?"

„Ja, das bin ich."

Neuseeland sei ein schönes Land, sagt sie. Viele Filme seien dort gedreht worden und sie spricht über Begegnungen mit anderen Radfahrern und wie man sich gegenseitig geholfen hätte.

„Wo warst du noch?"

„Ich war in Griechenland und in der Türkei. Ich hab Urlaub gemacht, war an den schönsten Stränden und dann kam ich zurück nach Deutschland und nun bin ich hier."

Carlotta kommt angerannt.

„Wie lange haben wir noch, Papa?"

Ich schaue auf mein Handy.

„Fünfzig Minuten noch."

„Hallo", sagt sie zu Angelika und Angelika erwidert ihr Hallo mit einem: „Schön, dich kennenzulernen."

„Okay Papa, dann rufst du mich einfach, wenn wir fahren, okay?"

Carlotta rennt zu ihrer Freundin und ich blicke ihr hinterher.

Sie wird nicht ewig ein kleines Mädchen bleiben.

Schon klar!

„Warum bist du hier?", frage ich Angelika.

„Wer bist du, Chris? Nach all den Jahren frage ich mich, wer du bist und ob die Liebe dieser einen Nacht bis heute genügt hätte. Ich habe in den Sternenhimmel geschaut und habe dein Gesicht darin zeichnen können."

„Also doch nicht so frei und doch nicht so glücklich", stelle ich fest.

„Sag, hast du nicht weiter an uns gedacht? Hast du dich nicht gefragt, was hätte sein können, wenn …"

„Sind wir nicht zu alt, um uns über so einen Kram Gedanken zu machen?"

„Ich bin so weit gereist, habe so viele Menschen kennengelernt und egal, mit welchem Mann ich während dieser Zeit geschlafen habe, habe ich mich gefragt, ob du deinen Sex mit anderen Frauen genauso genießen würdest. Ob du dieselbe Freiheit spüren durftest. Ob du nicht ein bisschen so wie ich warst, habe ich mich gefragt. Oder ob du noch derselbe bist wie damals."

82

„Wir haben nur eine Nacht miteinander verbracht. Wir kennen uns überhaupt nicht. Warum hängst du so an dieser einen Nacht?"

„Du gehst mir einfach nicht aus dem Kopf. Ist das so verkehrt?"

„Was ist mit Neuseeland oder Japan? Was ist mit all den anderen Männern?"

„Zeig dich mir. Wer bist du?"

„Ich bin ein Langweiler", sage ich, „und ein alleinerziehender Vater."

Die Welt steht still, wenn man sich unterhält, sagte Sandra,

und wenn während diesem Stillstand niemand spricht, reist man in die Unendlichkeit.

Da liegen wir nun und sind kurz still und in meinem Kopf bin ich auf dem Berg mit Carlotta, begleite Angelika bei ihren Abenteuern, bin …

Bei Sandra?

Ja, das sind wir.

„Erzähl mir von Sandra", sagt sie und ich frage mich, ob sie Gedanken lesen kann.

„Sie war besonders, mehr musst du nicht wissen."

„Du hängst wohl noch an ihr."

„Woher wusstest du, dass ich heute hier sein würde?"

„Peter hat es mir erzählt."

„Peter und ich sind keine Freunde mehr."

„Er hat dich hier öfters gesehen. Du bist ein Gewohnheitstier, sagt er. Meistens, wenn das Wetter schön ist, würdest du hier sitzen, deiner Tochter beim Spielen zusehen und in den Himmel blicken."

„Gewohnheitstier ist ein anderes Wort für Langweiler."

„Ich hab gedacht, wir könnten uns nochmal treffen. Uns endlich kennenlernen."

„Ich weiß nicht", sage ich. *Ich kann nicht*, denke ich.

„Mittlerweile glaube ich auch, es wäre eine bescheuerte Idee. Ist es nicht schöner, daran festzuhalten, wir wären perfekt füreinander gewesen, anstatt festzustellen, das wäre der blanke Reinfall gewesen?"

„Liebe erfordert Mut."

Sagt der Ängstliche.

„Dein Vater ist sehr weise gewesen."

„Das ist von mir."

„Ich danke dir für das Gespräch", sagt sie.

Angelika steht auf, klopft sich die Grashalme von den Klamotten, winkt Carlotta zu und verschwindet aus meinem Blickfeld. Ich schaue ihr nicht nach. Irgendwann rufe ich Carlotta und ihre Freundin und wir fahren.

Ich mache Abendessen.

„Ist es nicht zu spät für Spaghetti Bolognese?"

„Mag schon sein, aber ich halte nicht viel von Regeln und Grenzen."

„Wer war die Frau heute? Sie war nett und hübsch."

„Die Postkarten, die von unserer Decke hängen."

„Was ist mit ihnen?"

„Dort ist sie überall gewesen. Ist das nicht schön?"

„O wow, sie hat bestimmt viele tolle Orte gesehen."

84

„Das hat sie."

„Sie kann mir bestimmt auch richtig viele Geschichten erzählen."

„Das könnte sie."

„Möchtest du sie nicht einladen?"

„Ich weiß nicht, Carlotta. Deine Mutter sagte, manchmal schickt uns das Universum Zeichen und wir müssen uns entscheiden."

„Liebst du Mama immer noch?"

„Nicht so sehr, wie du sie geliebt hättest."

„Erzähl mir eine Geschichte von ihr."

„Später, vor dem Schlafengehen."

„Aber diese Frau sah nett aus. Lade sie doch bitte mal zu uns ein."

„Ich überlege es mir."

„Versprochen?"

„Ehrenwort."

Die Sekunden verstreichen und aus Sekunden werden Minuten, aus Minuten werden Stunden.

Genieß die Verpflichtung, genieß die Unausstehlichkeit des Lebens, genieß jeden Moment, so sehr du ihn auch hasst, hat Sandra immer gesagt. *Die Gefühle kommen nie wieder so zurück, wie du sie lebst und Gefühle bedeuten Leben. Wenn du deine Gefühle hasst, hasst du das Leben und dann hast du Zeit der Freude verloren.*

„Aber dann kann man ja nicht traurig oder wütend sein", habe ich geantwortet und sie strahlte mich an und sagte: „Das ist ja der Trick an der Sache."

Irgendwann legt sich Carlotta ins Bett, ich setze mich an die Bettkante und erzähle ihr von ihrer Mutter.

„Wir spazierten am Strand auf Kreta entlang. Sie sagte, sie hätte gerne ein rothaariges Mädchen und sie würde ihr dutzende Spitznamen geben wollen. Klößchen und Murmelchen waren ihre Lieblingsspitznamen."

Carlotta lacht und ich lächle. Es ist spät, ich bin kaputt und müde. Der Alltag strengt an. Morgen ist Schule. Hausaufgaben, lernen, kochen, waschen, bügeln, aufräumen. Zum Glück ist sie schon elf Jahre alt und kann im Haushalt mithelfen. Ich schaue aus dem Fenster. Es ist Vollmond.

„Gute Nacht, Papa", sagt sie. „Ich habe Mama zwar nie kennengelernt, aber ich hab sie trotzdem ganz doll lieb."

Ich gebe ihr einen Kuss auf die Stirn.

„Gute Nacht, mein Engel", sage ich, stehe auf, schließe die Tür hinter mir, gehe in die Küche, gieße mir einen Portwein ein und setze mich an den Küchentisch. Dann greife ich nach meinem Mobiltelefon und rufe meine Mutter an.

„Ist was passiert?", fragt sie.

„Ja, Mama. Hast du Zeit, vorbeizukommen?"

„Um diese Uhrzeit? Können wir das nicht auf morgen verschieben?"

„Ich werde mich schlaflos im Bett herumwälzen, wenn wir nicht sprechen."

Die Liebe unterscheidet sich und unterscheidet sich nicht. Ich halte mein Glas Portwein in die Luft.

„Auf dich, Sandra", flüstere ich, „und auf die Tochter, die du mir geschenkt hast."

Irgendwann klingelt es, ich öffne die Wohnungstür, warte und irgendwann kommt meine Mutter die Stufen hochgehechelt.

„Kannst du dir keine Erdgeschosswohnung leisten?"

„Schön, dass du gekommen bist."

„Ach ja, dein Vater sagte mal …"

„Hör auf damit."

„Womit?"

„Genau darüber möchte ich mit dir sprechen."

„Über deinen Vater?"

„Nein, Mama, über dich."

Sie tritt ein, ich schließe die Tür und sie folgt mir in die Küche.

„Warum streichst du deine Küche nicht endlich mal weiß?"

„Mir gefällt das Gelb und Carlotta übrigens auch."

„Was habe ich dir Böses getan, dass du mich um diese Uhrzeit zu dir bestellst?"

„Sandra ist tot."

„Das ist nicht neu."

„Ich erzähle Carlotta die schönsten Geschichten über ihre Mutter."

„Chris, was ist los?"

„Sie sind allesamt erfunden, Mama. Ich habe Sandra nur ein Jahr gekannt. Davon war sie zehn Monate lang schwanger. Wir waren nie auf Kreta, waren nie auf einem Rummel in Paris. Das Meiste, was sie gesagt hat, habe ich bereits vergessen."

Meine Mutter und ich weinen und die Küche ist gelb und von oben leuchtet gelbes Licht.

„Ich verstehe", sagt meine Mutter.

„Die Notizbücher hast du geschrieben, richtig?"

„Was sollte ich sonst tun, Chris? Du hast einen Vater gebraucht und ich habe gedacht, das hilft dir, dich zu einem guten Mann zu entwickeln. Ich habe mir nur selbst geholfen."

Ich gieße mir nochmal Portwein ein und strecke meinen Arm aus.

„Auf meinen Vater, der eigentlich meine Mutter ist", sage ich und nehme einen kräftigen Schluck.

„Es tut mir leid."

„Das muss es nicht, Mama. Irgendwie habe ich das schon immer gefühlt. Dass da etwas faul ist, meine ich. Und doch, ich liebte es, wie du über meinen Vater gesprochen hast. Wie kann ich dir böse sein, da ich nicht anders bin als du? Wie war er wirklich?"

„Er war ein Weiberheld. Ein gutaussehender Kerl. Jung und ungestüm. Er meinte, er würde mich eines Tages heiraten wollen. Ich sei die schönste Frau auf diesem Planeten. Er hat all das gesagt, was eine Frau wie ich hören wollte. Wir hatten leidenschaftlichen Sex. Er kam jede Nacht mit seinem Motorrad, parkte eine Straße weiter, kam zu Fuß, sprang über das Gartentürchen meines Elternhauses, kletterte den Kirschbaum hoch, ich ließ ihn übers Fenster hinein und wir waren so still, wie still es nur sein konnte. Drei bis viermal in der Nacht waren wir still und irgendwann fuhr er wieder. Es war wie in so einem Groschenroman oder einem zweitklassigen Liebesfilm, den man so aus dem Kino kannte. Ich fühlte mich wie ein Filmstar, mein Junge, und eines Nachts nach ein paar Monaten hatte er einen Unfall. Er fuhr zu schnell mit seinem Motorrad und prallte gegen einen Baum. Nun, unverhütet Sex zu haben, hat Folgen – ich war schwanger mit dir."

Sandra und ich haben verhütet, doch manchmal läuft auch da etwas schief.

„Und dann dachtest du, du erzählst mir eine Version von ihm, die es gar nicht gegeben hat."

„Nein, so war das nicht. Er hat viel über die Liebe gesprochen. Nur zu zweit könne man die Schwierigkeiten des Lebens überwinden. Ohne die Liebe sei die Welt hoffnungslos verloren und ich dachte mir, ich erzähle dir davon und als alles gesagt war, schrieb ich Notizbücher. Zuerst für mich, um nichts zu vergessen und um sie dir irgendwann vorzusprechen. Du hast immer sehr gestrahlt, wenn ich über deinen Vater gesprochen habe."

„Wusste er, dass du schwanger mit mir warst?"

„Nein, das wusste ich ja selbst noch nicht."

„Hatte er noch andere außer dir?"

„Süßholzraspler können nicht die Finger von Frauen lassen. Ich war nur eine von vielen. Ich wusste es und es war okay für mich."

„Verstehe."

„Ist es das, was du unbedingt wissen wolltest? Da steckt doch mehr dahinter."

„Ich wollte dich fragen, warum du nie andere Männer getroffen hast."

„Oh, das habe ich, mein Junge. Wenn du beim Judo warst, wenn du bei Peter geschlafen hast, wenn du lange unterwegs warst. Meine Dates hießen manchmal auch Yoga oder Schwimmkurs. Es war nie ein passender Mann dabei."

Sie blickt mich an: „Hast du vor, dich mit einer Frau zu treffen?"

„Ich würde dir gerne Angelika vorstellen."

„Dein Vater sagte mal, für die Liebe sei es nie zu spät."

„Hör auf, Mama."

„Das waren seine Worte."

„Mein Vater war ein Schwein."

„Warum denkst du das?"

„Weil er viele Frauen hatte. Das gehört sich nicht."

„Mein Junge, du musst noch so viel lernen. Er war ein Gentleman und er ließ mich wie eine Göttin fühlen."

Sandra fehlt mir.

So viele Fragen. So wenig Antworten. Wir hatten so viel Zeit und doch zu wenig Zeit. Schaust du auf uns herab und erfreust dich an unserem Mädchen? Sie ist so schön wie du.

„Möchtest du heute hier schlafen?", frage ich

„Ich habe keine Wechselklamotten dabei."

„Carlotta wird sich freuen, dich morgen früh zu sehen."

Meine Mutter trinkt auch einen Portwein. Ich schreibe Kirstin und ich bekomme Angelikas Nummer.

„Werdet ihr doch noch zueinander finden?", schreibt Kirstin.

„Ich weiß nicht. Vielleicht gewinne ich auch nur eine neue gute Freundin", schreibe ich zurück.

5

„Es war ein schöner Abend", sage ich.

„Sandra ist also gestorben und niemand weiß davon?"

„Doch, sehr viele sogar."

„Ich weiß nur, dass du alleinerziehend bist. Wie habt ihr euch kennengelernt? Erzähl mir von euch."

„Begegnet bin ich ihr das erste Mal vor einem Club. Kennengelernt habe ich sie in ihrer Wohnung unter etlichen Postkarten auf einem braunen Sofa neben einem offenen weißen Fenster und sternenklarem Himmel. Die Luft roch nach der Frittenbude von nebenan. Wir waren nackt und sie erzählte mir eine Geschichte von einer blauen Blume. Sie sagte, neben einer blauen Blume legte sich ihr Hund hin, schloss die Augen und verstarb an Ort und Stelle. Sie vergrub ihn dort und ein Jahr später wuchsen dort Pilze, die sie dann gegessen hat. Tut mir leid, dass ich lache. Sie sagte nämlich, dass sie ihrem Hund kurz nach dem Verzehr begegnet sei. Sie hätten sich über das Leben unterhalten und das sei wunderschön gewesen."

Angelika lacht mit mir: „Das klingt nach einer merkwürdigen Person."

„Ich dachte: Das war's, sie hat einen Volltreffer, ist durch und durch irre und ich lachte und sie wusste nicht, warum und ich sagte, das sei nicht so wichtig, denn sie sei einfach nur wundervoll."

Wir sitzen draußen auf einer Bank vor dem Haus ihrer Wohnung. Es ist eine Nacht, die unserer ersten gleicht. Eine

Nacht, die vielen Nächten vieler Pärchen gleicht, denn so fangen Liebesgeschichten an. Das sei wichtig, sagte Sandra immer und noch wichtiger sei es, sich Geschichten zu erzählen. Sterne würden es lieben, sich Geschichten anzuhören.

„Ich erzähle dir von meinem Vater", sage ich und wechsle das Thema.

„Du hast ihn heute nicht einmal zitiert."

„Er war eine Lüge, von Anfang an war er nur eine Erfindung meiner Mutter. Ich habe sie letztens mit ihm konfrontiert. Mein Leben gleicht ihrem Leben. Ich erzähle Carlotta Geschichten von ihrer Mutter, die es nie gegeben hat."

„Das erinnert mich an die Fibonacci-Spirale."

„Die was?"

„Eine Spirale, die sich bis in die Unendlichkeit dreht. Erzähl weiter."

„Mein Vater sei ein Schürzenjäger gewesen."

„Das erklärt Einiges."

„Wie meinst du das?"

„Was genau möchtest du mir von ihm erzählen?"

„Ich frage mich, ob sich Sandra an meiner Seite wie ein Filmstar gefühlt hat. Mein Vater hätte wohl das Talent gehabt, Frauen besonders fühlen zu lassen."

„Eine Frau möchte sich nicht wie ein Filmstar fühlen, du Idiot. Du machst Rückschritte, Chris. Du warst mal so viel erwachsener."

„Mein Vater hatte neben meiner Mutter weitere Frauen. Meine Mutter hat sich nicht daran gestört, sagt sie. Ist das Liebe? Alles zu ertragen? Ist Liebe bedingungslose Aufgabe? Sich und seine Wünsche zurückzustellen? Seine Erwartungen an das Leben zurückzuschrauben, nur um mit diesem einen Menschen zusammen sein zu können? Ist Liebe der Sinn des Lebens?"

„Damals, auf dem Rasen, hast du mir die Liebe erklärt. Sie war klar und strukturiert, hatte Grenzen und war einfach."

„Wir waren jung und das war naiv."

„So ist Liebe nun mal. Naiv. Deshalb steckte so viel Wahrheit in deinen Worten."

„Sandra hätte mein Lebensinhalt werden können. Sie hatte Grübchen und gluckste beim Lachen, so als würde sie sich verschlucken, und schönes rotes und langes Haar hatte sie. Wenn sie schlief, schnarchte sie und nach dem Sex roch ihr Schweiß süß-säuerlich. Sie war wie diese Geschichte über ihren Hund, die sie mir erzählt hat – sonderbar. Wir lagen nebeneinander und sprachen über die Liebe, als sei sie unser bester Freund, das Abenteuer, wonach wir uns immer sehnten, als sei sie das letzte Puzzlestück zu einem glücklichen Leben."

„Die perfekte Partnerschaft?"

„Manchmal zog sie sich nackig aus und hüpfte auf dem Sofa und sagte, *ich liebe es, dass mein Busen auf und ab springt.*"

Angelika lacht.

„Wenn du so weitermachst, verliebe ich mich noch in sie."

„Sie war wundervoll."

„Du liebst sie noch immer."

„Mit jeder Faser meines Körpers."

„Es muss das schönste Jahr deines Lebens gewesen sein."

„Seit ich Sandra kennengelernt habe, nahm mein Leben eine wunderbare Wendung. Sie hat mir Carlotta geschenkt und Carlotta schaut wie ihre Mutter aus und sie lacht wie sie."

„Warum treffen wir uns heute?"

„Meine Tochter möchte dich kennenlernen."

„Ich wollte schon immer eine kleine Freundin haben."

„Wir sitzen hier vor deiner Wohnung, aber hast du nicht Lust, mit zu mir zu kommen?"

„Ich hab gehofft, wir springen nochmal in die Kiste."

Ich lache.

„Direkt und aufdringlich wie eh und je."

„Wir kennen uns gar nicht, Chris."

„Schön, nicht wahr?"

„Ich finde, wir sollten uns erst kennenlernen, bevor du mir deine Tochter vorstellst."

„Wenn der Zauber Einlass fordert, sollten wir Einlass gewähren."

„Unsere Nacht war unbekümmert. Sie hat mir immer vor Augen geführt, wie einfach das Leben sein kann."

„Wenn das Leben eins nicht ist, dann einfach."

„Wir haben so viele Jahre seit dieser Nacht hinter uns gelassen. Hast du nie an mich gedacht?"

„Immer wieder, Angelika."

„Meinst du also nicht, wir sollten uns erstmal kennenlernen, bevor du mir deine Tochter vorstellst?"

„Ich finde, wir sollten uns ins Abenteuer stürzen."

„Du bist so aufdringlich, das ist ja ekelhaft", sagt sie.

„Nun, ich hab von der Besten gelernt."

Wir lachen.

„Komm zu mir. Du schläfst im Bett und ich auf dem Sofa", sage ich.

„Wer passt eigentlich gerade auf deine Tochter auf?"

„Meine Mutter."

„Ich lerne also deine Tochter und deine Mutter kennen?"

„Volles Programm."

„Du solltest dir eine Scheibe von deinem Vater abschneiden."

„Bloß nicht. Ich suche keine Affären."

Sie legt ihren Kopf auf meine Schulter.

„Irgendwie erinnert mich das alles überhaupt nicht an damals. Es ist mit Arbeit verbunden."

„Liebe ist Arbeit."

„Ist das von deiner Mutter?"

„Nein, das ist von mir."

„Wie ist Sandra gestorben?"

„Sepsis."

„Und du hast deine Tochter allein großgezogen?"

„Ich hatte Hilfe von meiner Mutter und Sandras Eltern."

„Wie alt ist sie?"

„Elf Jahre alt."

„Ich würde gern mitkommen."

„Aber?"

„Du liebst Sandra."

Ich würde ihr gern sagen, dass mich diese eine unbekümmerte Nacht mit ihr lange begleitet hat. Dass ich bereit bin, die Vergangenheit hinter mir zu lassen und nach vorne zu blicken. Sandra sagte immer, an die Vergangenheit solle man sich erinnern, niemals aber sollte man sich nach ihr sehnen. Statt irgendetwas zu sagen, schweige ich.

Sag was!

Sie muss sich selbst für uns entscheiden.

„Ich fahre besser", sage ich, „du kannst dich jederzeit bei mir melden."

Ich stehe auf und sie bleibt sitzen.

„Also dann, vielleicht bis bald."

„Bis bald", sagt sie und ich verschwinde in der Dunkelheit, gehe zum Auto, steige ein und fahre nach Hause.

„Ich hoffe, du hast nichts dagegen, dass ich mich mit Angelika getroffen habe", flüstere ich. „Das erste Date seit deinem Tod. Elf Jahre ohne Sex. Elf Jahre nur Handbetrieb. Ich liebe dich, Sandra. Und Angelika liebe ich auch. Sie ist mir nur in unserer gemeinsamen Zeit aus dem Kopf gegangen. Unsere Zeit war *phänomentalastisch*. So sagtest du immer, *phänomentalastisch*. Warum bist du nicht mehr bei mir? Warum hast du uns nur so früh allein gelassen?"

Ich steige aus, klettere aufs Autodach, lege mich hin und blicke hoch zu den Sternen.

Carlotta schläft bestimmt, meine Mutter wird vermutlich fernsehen, vielleicht aber auch ein Buch lesen.

„Wir haben oft auf dem Autodach gelegen, weißt du noch? Und uns erzählt, was für miserable Eltern wir werden würden und wir haben dabei gelacht. Schaust du auf uns? Ich glaube, ich bin ein guter Vater geworden. Wer hätte das gedacht? Unsere Carlotta ist ein bezauberndes Mädchen. Sie kommt ganz nach dir", flüstere ich und liege dann einfach nur da und führe mögliche Dialoge mit imaginärer Sandra in meinem Kopf. Gedanken wiegen schwerer als die Realität, *doch mach dir keine Sorgen, ich bin stark* – schwere Gedanken liegen sicher auf kräftigen Schultern.

„Hey, kein Zuhause?", höre ich, blicke nach links und erkenne Angelika.

„Ich weiß, wo du wohnst", sagt sie.

„Wenn ich gewusst hätte, dass du eine Stalkerin bist …"

„Das könnte mich überfordern. Ich könnte schnell das Weite suchen. Bist du sicher, dass ich mit hochkommen soll?"

Sie trägt ein schwarzes knielanges Kleid mit tiefem Dekolleté.

„Ich mag, wie du aussiehst", sage ich.

Verzeih mir, Sandra ...

Ja, verzeih uns.

„Charmant wie eh und je", sagt sie.

Ich springe hinunter und greife nach ihrer Hand. Sie ist kalt, doch ich werde sie wärmen. Angelika duftet nach Rosen. Sie folgt mir und ich bleibe stehen.

„Was ist?", fragt sie

Ich küsse sie und ihre Lippen sind weicher als Sandras.

Verzeih uns.

„Schön, dass du gekommen bist."

Oben öffne ich die Wohnungstür und wir sehen Carlotta und meine Mutter mit einer Schüssel Chips vor dem Fernseher sitzen.

„Was machst du so früh hier?", fragt meine Mutter.

„Warum ist Carlotta noch nicht im Bett?", frage ich

„Das ist die Frau aus dem Park", ruft Carlotta.

„Ich bin Angelika, nett, euch kennenzulernen."

„Das ist meine Familie", seufze ich.

„Du warst in Japan, hat Papa gesagt."

„Ja, das war ich."

„Komm mit, ich möchte dir was zeigen."

Carlotta nimmt Angelika an die Hand und zieht sie in ihr Zimmer.

„Guck, das sind Postkarten, die alle meiner Mama gehört haben."

Angelika guckt sich die Postkarten an. Sie hängen von der Decke.

„War deine Mama an all diesen Orten?"

„Nein, das sind alles Karten, die ihr geschenkt oder geschickt wurden."

„An all diesen Orten bin ich gewesen."

6

„Liebst du mich?", frage ich

„Ich habe eine Wasserratte gesehen", sagt sie.

Wir liegen nackt nebeneinander im Bett. Es ist null Uhr. Es sind nur noch wir zwei übrig geblieben. Carlotta ist verheiratet, meine Mutter schon längst verstorben. Wir sind nicht alt, wir sind nicht jung. Die Jahre verstreichen, die Momente lösen sich auf. Von damals bis heute bleibt nur ein Koffer von Erinnerungen übrig. *Energie*, sagte Sandra, *Erinnerungen sind Energie.*

Angelika atmet leise und ich denke an meinen ersten Judokampf, den ich mit sieben Jahren verloren habe. Ich habe mich während des Kampfes eingenässt. Von meinem Abschlussball hingegen sind nur noch wenige schemenhafte Bilder in meinem Kopf verblieben. Der Verstand speichert und überschreibt Erinnerungen willkürlich. Welche Energie also von Bedeutung ist, entscheide nicht ich, sondern mein Gehirn. Dabei würde ich gern nochmal meinen Abschlussball erleben und den Judokampf aus meinem Kopf verbannen.

Wenn mein Leben nur ein Koffer groß ist, dann sollte meine Zukunft in eine kleine Handtasche passen.

Ich greife nach Angelikas Hand.

„Ich liebe es, wenn du die Zeile zitierst", sage ich.

„Und ich liebe es, sie zu zitieren. Sie erinnert mich an die glücklichste Nacht meines Lebens."

„Konnte ich dich nie mehr so glücklich machen?"

„Leider nein."

„Ist unsere Liebe gescheitert? War alles nur eine Einbildung? Der ganze Seelenverwandtenkram nichts als Bockmist?"

„Weißt du, ich liebe dich sehr, doch du liebst eine andere Frau."

„Was liebst du an mir?"

„Ich liebe es, dass ich völlig falsch in meiner Einschätzung mit dir lag. Du bist in vielerlei Hinsicht nicht der, den ich mir ausgemalt habe."

„Ich liebe dich, Angelika."

„Und was ist mit Sandra? Sie liebst du doch auch noch. Ich weiß, dass du mich mit ihr vergleichst."

„Liebe vergleicht nicht."

„Der beste Liebhaber war der Japaner, der leidenschaftlichste der deutsche Geschäftsmann, der liebevollste der türkische Barmann."

„Bist du unzufrieden mit unserem Sexleben?"

„Die meisten Orgasmen hatte ich mit dir. Liebe ist so viel mehr als Sex. Wie war Sandra im Bett?"

„Ich weiß es nicht mehr."

„Meinst du, ihr wärt noch ein Paar, wäre sie nicht gestorben?"

„Meine Antwort wäre hypothetisch."

„Meinst du, wir sollten uns trennen?", fragt sie.

Ich richte mich auf, gehe zu unserem Kleiderschrank und ziehe mich an.

„Wo willst du hin?", fragt sie.

„Ich gehe spazieren."

„Und dann?"

„Dann komme ich zurück."

„Geh nicht."

Jogginghose, Socken, Shirt, raus aus dem Zimmer, Sportschuhe an, Jacke an und raus aus der Wohnung.

Draußen folge ich den Straßenlaternen, sie geben die Richtung vor. Wollte ich schon immer in der Stadt leben?

Nein, wollten wir nicht.

Sind die Erwartungen an sich selbst so hoch, dass man nur scheitern kann?

Vor zehn Minuten ist Samstag geworden. Vor zehn Minuten lag ich noch neben ihr, nackt und warm. Meine Schritte sind schnell – schnelle Schritte haben für gewöhnlich ein Ziel, diesmal nicht.

Los, gehen wir zurück zu Angelika und nehmen sie in den Arm.

Ich komme an einem Club entlang und erinnere mich an einige Nächte des Tanzens, Schwitzens und Trinkens. Was würde ich tun, wenn ich nochmal zwanzig Jahre alt wäre?

Hinter dem Club ist es laut. Eine Frau ruft nach Hilfe.

Betrunkene jaulen und jodeln Lieder an der Straße. Sie lachen und klopfen sich auf die Schultern und führen lallende Gespräche über Gott, Politik und die Leichtigkeit des Seins. Niemand von ihnen interessiert sich für die Schreie. Aus dem Club dröhnen Hip-Hop Beats.

„Hey Opa, Lust auf etwas Marihuana?"

„Ich bin kein Opa!", antworte ich und dann verstummt das Schreien.

Wird in diesem Augenblick ein Menschenleben beendet?

Renn endlich los!

Ich bahne mir den Weg frei und laufe an den Jugendlichen vorbei. Niemand folgt mir. Habe ich mir das alles nur eingebildet? Sollten nicht noch Weitere auf die Hilferufe aufmerksam geworden sein? Neben dem Club führt ein schmaler Weg nach hinten. Gleich bin ich dort und ich werde niemanden dort antreffen und ich werde lachen und mich fragen, ob ich verrückt geworden sei. Ich werde den Hinterhof verlassen und ziellos in der Nacht umherirren.

Jetzt bin ich hinten und ich sehe einen großen Kerl auf einer Frau liegen. Er würgt sie mit beiden Händen und sie versucht, sich aus dem Griff zu lösen, schlägt ihm ins Gesicht und kratzt und windet sich.

Sie hat keine Chance.

Nein, hat sie nicht.

Los, helfen wir ihr.

Wir holen besser Hilfe.

Das dauert zu lang. Werfen wir uns auf ihn.

Und dann werden wir heute sterben?

Ich renne hin und springe auf ihn. Wir kippen zur Seite, die Frau rappelt sich auf und läuft weg. Der Kerl und ich beeilen uns auf den Beinen zu stehen und er brüllt: „Du bist ein toter Mann, Opa."

Vierundfünfzig Jahre alt. Eine dreiundzwanzigjährige Tochter. Eine Partnerin im Bett. Ein nicht lebenswertes Leben gelebt.

Das haben wir doch.

Findest du?

Schau zurück.

-Ich liebe dich, Chris.

Das ist unsere Tochter. Sie wird unser größter Schatz sein.

Papa ... Papa ...

Ich hab dich lieb, Papa.

Du bist der beste Papa auf der ganzen Welt.

Du bist eine hübsche Braut, du siehst aus wie deine Mutter.–

Und weißt du noch, wie wir an ihrem Bett gesessen haben und ihr Geschichten von Sandra erzählt haben? Kannst du dich an ihre glücklichen Augen dabei erinnern? Oder kannst du dich noch an die Spitznamen erinnern, die dir Carlotta gegeben hat? Mein liebster Spitzname für uns war Chrislybär.

Ich erinnere mich.

Hör also endlich auf, dich zu bemitleiden.

Der Typ stürmt auf mich zu. Soll es das gewesen sein? Das Ende meines Lebens auf einem Hinterhof? Gestorben während einer Heldentat.

Du Trottel, wir können doch Kampfsport.

Mein Körper reagiert, wie er im Kampf immer reagiert hat. Ich werfe ihn zu Boden, greife mir seinen Arm und breche ihn. Ich lebe noch und er schreit. Von hinten kommt die junge Frau mit den Türstehern angerannt. Ich bin außer Atem. Die Betrunkenen hört man bis hierher jodeln, die

Sterne funkeln, die DJs aus dem Club ändern die Musikrichtung, es riecht nach Abfällen.

„Er, er wollte mich vergewaltigen."

Sie zeigt mit dem Finger auf den schreienden Kerl.

Der Eine alarmiert die Polizei und der Andere prügelt auf den Verletzten ein.

„Du wolltest meine Schwester vergewaltigen?", brüllt er und ich stehe einfach nur da und schaue mir das Spektakel an. Ist es richtig, ihm nicht zu helfen? Sie kommt zu mir.

„Du hast was auf dem Kasten", sagt sie.

„Passen Sie das nächste Mal besser auf sich auf."

„Wie alt sind Sie?"

„Vierundfünfzig."

„Stabil, Alter. Sie haben einen Wunsch frei, wenn ich mit der Polizei fertig bin."

„Kein Interesse."

„Nicht so ein Wunsch, alter Mann. Wie wäre es mit einem Döner? Hinten am Ende der Straße ist ein Laden rund um die Uhr geöffnet."

Ich lächle.

Warum lächeln wir?

Kommt dir die Dönergeschichte nicht irgendwie bekannt vor?

„Glauben Sie an das Universum?", frage ich.

„Esoterikkram?"

„Ja, Esoterikkram."

„Fetzt."

„Ich bin gleich wieder zurück. Ich hole nur etwas Geld."

„Geld wofür?", fragt sie, doch da hab ich mich schon umgedreht und bin los.

Die Straßen und die Gebäude sind dieselben, die Geschäfte sind neu. Neue Inhaber kreieren neue Geschäftsmodelle. Ich laufe die Straße entlang, dann bleibe ich einen Augenblick lang stehen.

Hier neben der Straßenlaterne haben wir Sandra kennengelernt. Hier ist uns das Wundervollste in unserem Leben passiert.

Gegenüber der Straße ist jetzt eine dezentrale Kryptowährungsstelle. Ich trete ein, logge mich ins System ein, überweise mir ein paar *Coins* auf meine dezentrale Uhr und gehe zurück zum Club. Blaulicht leuchtet bereits. Der Verletzte wird ins Auto transportiert und irgendwann stoße ich dazu und stehe drei Meter hinter der jungen Frau. Sie schildert den Beamten die Vorkommnisse und beschreibt einen Fremden, der ihr das Leben gerettet hat und wieder verschwunden ist. Der eine Türsteher kommt zu mir.

„Du hast meiner Schwester geholfen."

Mir ist die Sache unangenehm. Er sagt meiner Schwester, so als wäre ich nicht irgendeinem zur Hilfe geeilt, sondern speziell ihr, weil ich ihr so etwas wie ein Bodyguard wäre und meine Aufgabe seit meiner Geburt nur darin bestand, auf sie aufzupassen, wenn der Zeitpunkt dazu gekommen ist.

„Nicht der Rede wert", antworte ich.

„Du bist zwar zu alt und nicht passend gekleidet, aber wenn du willst, lass ich dich rein. Alle Getränke gehen auf mich, mach dir eine schöne Nacht."

Ich schaue zu seiner Schwester und die Polizei befragt sie noch immer.

Wir haben dem Typen den Arm gebrochen.

Ja, das haben wir.

Wir sollten in den Club rein. Weg hier. Wir sind schlechte Lügner. Wenn die Polizei uns befragt, kriegen wir eine Anzeige wegen schwerer Körperverletzung.

„Mach dir keine Sorgen, wir halten dicht", sagt ihr Bruder und seine Worte sind warm, so, als würde mir mein großer Bruder seinen Arm um die Schulter legen.

Wir wissen doch gar nicht, wie sich so etwas anfühlt.

„Sagen Sie Ihrer Schwester, dass ich mich drin aufhalte."

„Hier ist meine Karte. Alles aufs Haus."

Nach all den Jahren hat sich das Clubleben nicht verändert. Jugendliche bleiben Jugendliche. Ich gebe meine Jacke ab und bemerke die Ausgelassenen, die Schüchternen, die Suchenden. Die Schublade öffnet sich und ich sortiere und suche mich und Sandra in der Masse – sie, das ekstatische Leben, und mich, den Langweiler. Ich gehe an die Bar, zeige die All-Inclusive-Karte vor und bestelle ein Bier.

„Ey Alter, solltest du nicht schon lange zu Hause schlafen oder ein Buch mit einem Glas Wein in der Hand lesen?"

Meine Schritte stehen dir noch bevor, Junge. Du stehst mit deinem lässigen Muskelshirt vor mir und schaust auf mich herab und das ist okay, solange du irgendwann die Blicke derer erträgst, die auf dich herabblicken werden. Noch lächelst du, noch ist das Leben nicht grausam zu dir gewesen. Grausam, so beschreiben die Menschen das Leben gern, ohne zu verstehen, dass das Leben nichts weiter als das Leben ist. Somit muss man sagen, das Leben war dir noch nicht Leben genug. Und nun, mein Junge, stehen wir uns gegenüber und du kennst meine Errungenschaften nicht und gleichermaßen kenne ich deine nicht. Ist Respektlosigkeit eine Tugend geworden, ein Ich-stehe-über-euch? War ich in meiner Jugend vielleicht nicht anders und ist mir dieser Junge nur ein Spiegel? Wieso sollte ich Streit anfangen, wenn ich mir doch in diesem Augenblick womöglich nur selbst begegne?

„Ja, das sollte ich", antworte ich lächelnd.

Ich trinke das Bier zügig aus, klopfe dem Bengel auf die Schulter und möchte wieder raus, als mir die junge Frau von draußen entgegenkommt.

„Mein Bruder hat mir gesagt, dass Sie drin sind."

„Ich wollte gerade den Club verlassen."

„Noch Lust auf den Döner?"

„Wie heißen Sie?"

„Katja, ich heiße Katja. Für einen alten Sack gehen Sie aber noch gut fit."

Ein junger Mann kommt zu uns.

„Seit wann stehst du auf Opas?"

„Verpiss dich, Dennis."

„Wirklich schade, dann muss ich wohl noch hundertzwanzig Jahre warten, bis ich dir gefalle."

„Nicht einmal dann, wenn du mumifiziert wärst."

Wir sollten nach Hause.

Nein, wir bleiben bei ihr.

Warum so plötzlich?

„Vielleicht sollte ich einfach wieder nach Hause gehen", sage ich.

„Nein. Dennis ist ein Idiot. Das ist alles. Lassen Sie uns essen gehen. Wie heißen Sie?"

„Chris."

„Gut, Chris, dann los. Jetzt duzen wir uns. Hol deine Jacke und dann wird was zwischen die Zähne gehauen. Die Nacht ist für mich eh gelaufen."

Ich gehe zur Garderobe, mir wird die Jacke gebracht, wir gehen raus und ich fühle mich neben ihr wieder jung. Ist es das, was mir gefehlt hat? Die jugendliche Frische? Eine junge Frau an meiner Seite, die mich an meine Jugend erinnert? Bin ich in einer Midlife-Crisis?

Wohl eher Chrisis.

Witzig.

„Wie hast du den Kerl vorhin fertig gemacht? Der hat letzte Woche drei Leute gleichzeitig platt gekriegt."

„Glück", sage ich.

„Du hast ihm den Arm gebrochen und anscheinend nicht einen Kratzer abbekommen."

Wir gehen nebeneinanderher.

„Na los, erzähl ein bisschen von dir. Ich liebe es, neue Menschen kennenzulernen. Du hast bestimmt viel zu erzählen. Warst du beim Militär? Hast du dort Kämpfen gelernt?"

„Nein, ich war nie beim Militär."

„Kampfsport?"

„Judo."

„Echt? So etwas Langweiliges kann so nützlich sein? Bist du schüchtern oder warum redest du einsilbig?"

„Wie alt bist du, Katja?"

„Zweiundzwanzig."

„Ein Jahr jünger als meine Tochter."

„Unangenehm, mit nem jungen Ding wie mir unterwegs zu sein?"

Sie hakt sich bei mir unter und lehnt ihren Kopf an meine Schulter.

Sandra, bist du es in einem neuen Körper?

„Wie unangenehm fühlst du dich jetzt?", fragt sie.

„Ich bin hier schon mal lang gelaufen. Ich sprach über die Liebe und über das Universum und irgendwie erscheint mir das alles ziemlich ähnlich. Du bist aufdringlich. Das war sie auch. Sie war frech, das bist du auch. Es ist, als würde diese Frau in deinem Körper stecken. Glaubst du an Wiedergeburt?"

„Alt, stark und interessant. Wärst du nur nicht so alt, wärst du voll mein Typ. Du bist ja mein Typ, du siehst gut aus, aber das Alter …"

„Hängen Postkarten von deiner Decke?"

„Ja. Ich habe etliche von der Decke hängen. Das mache ich, seit ich ein Kind bin. Ich finde, es wirkt alles viel wärmer, wenn Farbe herunterbaumelt."

„Sie hieß Sandra. Ist nach der Geburt meiner Tochter an einer Sepsis gestorben."

Wir kommen an. Es ist wie damals. Wir bestellen zwei Hähnchendöner, extra scharf, zwei Ayran und zwei Uludag. Wir setzen uns.

„Ich bin aber nicht deine Sandra. Ich bin Katja. Schräge Nacht. Zuerst werde ich beinahe vergewaltigt und jetzt diese Story."

„Tut mir leid."

„Sie fehlt dir."

„Das tut sie."

…

„Du zitierst ständig deine Mutter, was ist mit deinem Vater?"

„Der ist gestorben."

„Und kein Stiefdaddy?"

„Meine Mutter war ein Leben lang allein."

„Also sind alle Ratschläge nichts wert. Alle Weisheiten nicht brauchbar, wenn man nie eine Partnerschaft geführt hat. Weißt du, alle sprechen ihren Senf aus. Alle wollen die Liebe verstanden haben, aber niemand hat die Liebe verstanden. Zumindest nicht die romantische Liebe. Man gibt Beziehungstipps – was man machen sollte, damit es funktioniert. Rat zu Trennungen und so weiter."

Katja spricht mit vollem Mund.

„Und jeder hat ne eigene Liebesphilosophie. Digga, du bist vierundfünfzig Jahre alt. Wie lang war deine längste Partnerschaft?"

Sie ist unhöflich.

„Elf Jahre."

„Deine Jetzige?"

„Ja."

„Du weißt null über Beziehungen Bescheid. Du weißt gar nichts über die Liebe. Wir sitzen im selben Unwissenheitsboot. Elf Jahre sind wirklich nicht viel. Was weißt du über deinen Vater?"

„Er war ein Weiberheld. Mit dem Motorrad totgefahren."

„Ein Player weiß mehr über die Liebe, als viele glauben."

Warum sitze ich hier noch?

Wir bleiben, sie ist interessant.

„Können Menschen wie er überhaupt Liebe empfinden?", frage ich.

„Keine Ahnung, aber sie wissen mit der Liebe zu spielen. Wie war er zu deiner Mutter? Hat er sie schlecht behandelt?"

„Nein."

„Hat er sie betrogen?"

„Ja."

„Und sie wusste es?"

„Ja."

„Und sie hat es sich gefallen lassen?"

„Ja."

„Warum?"

Sitze ich in einem Verhörraum? Warum fühle ich mich wie ein Schuljunge?

„Sie hat sich wie ein Filmstar gefühlt."

„Und wie fühlt sich deine Partnerin?"

Schachmatt.

Kapeng. Ich sagte doch, sie ist interessant.

Halt die Klappe!

„Nimm es mir nicht übel, aber du hast null Plan von der Liebe und null Plan von Beziehungen."

Katja dreht sich und ruft:

„Aliii!"

„Portion Pommes?"

„Du weißt Bescheid, Brudi", ruft sie und lacht.

„Dein Stammlokal?"

„Es gibt nichts Schöneres, als dorthin zu gehen, wo man geschätzt wird."

„Du bist frech."

„Gefällt es dir?"

„Du nervst mich."

„Haha. Schön. Wird Zeit, dass dir jemand die Leviten liest. Du möchtest etwas über die Liebe erfahren? Geh zu alten Paaren. Paare, die seit über dreißig Jahren glücklich verheiratet sind und frag sie: Was ist Liebe? Joan Didion war neununddreißig Jahre lang verheiratet, ehe ihr Mann gestorben ist und sie sagte, sie wisse nicht, ob sie ihren Mann geliebt habe. Kennen Sie Joan Didion?"

„Ich kenne Erich Fried."

„*Ich habe eine Wasserratte gesehen*, genau das meine ich. Du sitzt hier mit mir, anstatt bei deiner Partnerin zu sein. Zur Hölle, ich hätte dich in den Wind geschossen."

…

„Das heißt, du trauerst einer Frau hinterher, die du gar nicht kennengelernt hast. Ihr habt keine Schwierigkeiten überwunden. Du jagst einem Hirngespinst nach. Man, was ist nur mit den Alten von heute los? Also Meister, ist dir schon mal in den Sinn gekommen, dass du mit dem Phantom vielleicht nicht mehr zusammen wärst, weil du dieser Angelika so lange hinterhergetrauert hättest, dass du alles kaputt gemacht hättest? So, wie du es jetzt machst, halt nur andersherum. Angelika scheint dich zu lieben. Sie liegt mit so einer

Deprinase wie dir noch im Bett. Genieße den Moment, ehre sie und sie wird dich ehren. So einfach ist das – zumindest bei nicht gestörten Menschen."

Sie verschlingt die Pommes. Ein zierliches Mädchen schaufelt. Ich stehe auf.

„Ich gehe jetzt. Ich zahle."

„Nein, nein, alles auf meinen Nacken. Geh, hau ab und grüß Angelika von mir."

„Du bist eine Nervensäge. Wie kommst du nach Hause?"

„Gehe zu Fuß. Ich hab vorhin ne Polizeidrohne bestellt. Die begleitet mich. Hoch lebe das technologische Zeitalter."

„Ich wünsche dir nur das Beste, Katja."

Ich verlasse das Lokal und höre nur: „Bester Mann, hat mir vorhin das Leben gerettet."

Ich gehe, komme am Club vorbei, Katjas Bruder grüßt mich und ich grüße zurück. Ich möchte nach Hause und gehe schneller, fange an zu laufen und denke dabei an Sandra.

„Es wird Zeit, loszulassen. Ich liebe dich nicht mehr", flüstere ich hechelnd, als ich ankomme.

Ich öffne die Haustür, gehe die Stufen hinauf, öffne die Wohnungstür, ziehe die Schuhe aus, hänge die Jacke auf, schleiche mich ins Schlafzimmer, streichle Angelikas Gesicht, bis ich nicht mehr außer Atem bin und ... wache auf. Ich liege im Bett, war nie draußen, sondern habe geschlafen, hatte nie ein Gespräch mit Angelika und habe die Wohnung nicht verlassen. Katja gibt es nicht. Die versuchte Vergewaltigung hat es nicht gegeben. Ich habe niemandem den Arm gebrochen und war auch nicht essen. Mein Magen knurrt und ich stehe auf. Ich gehe in die Küche, schmiere mir eine Scheibe Käsebrot und trinke ein Glas Milch. Wenn ich so darüber nachdenke – Katja hatte Ähnlichkeit mit Sandra. Wie ist dieser Traum zu deuten? Es heißt, das Universum sei Mehrdimensional. Der Mensch ist es. Ist es die Metawelt auch? Hat mich Sandra in meinem Traum besucht und mir versucht zu sagen, dass ich loslassen soll? Ich gehe an die Fensterscheibe und schaue in den Sternenhimmel. „Waren wir ein letztes Mal essen? Hast du mir ein letztes Mal deinen Kopf an meine Schulter gelegt?", frage ich und warte auf ein Zeichen, vielleicht auf einen blinkenden Stern oder eine Sternschnuppe. Unten auf der Straße brüllt ein jugendlicher mit einer Flasche Bier in der Hand singend, *ich weiß, wovon du träumst und meistens, was du denkst.* Er tanzt und stolpert und lacht. Eine junge Frau folgt ihm und lacht mit ihm und dann tanzen sie zusammen und singen gemeinsam *ich bin glücklich dich zu seh'n, ich will an dir nichts verdrehn.* Ich kenne dieses Lied. Ist es ein Zeichen? Zwei Liebende die lachen, tanzen und *Universum* singen?

„Ich könnte dich nie nicht lieben, aber … Ich sollte zurück zu Angelika gehen."

Wie schön wir immer lachten. Du hast ein Bild von mir im Flur unserer Wohnung gemalt. Eine kantige Gestalt, die mir nicht im entferntesten glich. Wir lachten. Weil ich stundenlang posierte und das Ergebnis fürchterlich war. Es hatte etwas Gruseliges und wir lachten immer, wenn wir daran vorbeiliefen. Einmal sagtest du, dass ich es sei und nichts anderes. Die Künstlerin sehe ich mich nun mal so. Mein Auge gaukle mir doch nur etwas vor. Ich solle dieses Abbild als

114

meines erkennen. Ich sei gruselig, sagtest du und lachtest so herzhaft, wie ich es noch von niemandem erlebt hatte.

Wie schön wir von unserer Zukunft sprachen. Wir würden mit unserem Kind, die Postkarten bereisen, sagtest du. Wir würden zu dritt die Welt erkunden. Jedes Jahr für ein paar Wochen dem Alltag entfliehen. Und überhaupt dürften wir keinen Alltag zulassen. Also sollten wir uns einen Bauernhof kaufen. Ein Zuhause, das wie ein arbeitsreicher Urlaub wäre. Vielleicht müssten wir dann auch keinen Urlaub mehr machen, denn das Zuhause könnte uns Abenteuer genug sein.

Wie schön sich deine Haut anfühlte. Deine Lippen. Wie schön du mich anstupstest, wenn du erkanntest, dass es mir gerade nicht gut ging. „Hör auf zu jammern!", sagtest du und ich hörte auf zu jammern, denn ich erkannte, dass ich mit meinem Jammern nichts gewinnen konnte.

Doch nun muss ich gehen, Sandra. Es ist vorbei. Nicht wirklich und doch gänzlich. Du bist nicht mehr da und deshalb gehe ich zurück zu Angelika. Du musst wissen, ich liebe sie.

Zurück im Schlafzimmer schalte ich das Licht ein und sage: „Wir müssen reden."

Angelika ist schön. Sie richtet sich auf und schützt sich die Augen vor dem Licht.

„Ja", sagt sie.

„Wir sollten uns trennen", sage ich.

„Das sollten wir", antwortet sie.

Wir haben heute zwar kein Gespräch geführt, doch manchmal hört man auch die unausgesprochenen Dinge – die Gesten, die Blicke, der Tonfall, die Abwesenheit.

Wir lieben sie.

Das haben wir ihr schon lange nicht mehr gezeigt.

„Und dann fangen wir von vorne an. Ich werde mich dir vorstellen und all das erzählen, was ich dir noch nicht erzählt habe. Wir werden Dates haben. Ich überlege zu kündigen. Meine Investitionen vor der Wirtschaftskrise machen sich bezahlt. Wir können auswandern, wenn du willst. Nach Neuseeland. Nach Japan. Wir leben von dem Gewinn. Es wird reichen, mach dir keine Sorgen. Oder wir bereisen die Welt. Lass uns nach Santorini und danach in die Türkei. Ich möchte die Orte sehen, die du gesehen hast. Wir kaufen uns eine Campingausrüstung und übernachten an Stränden und zählen die Sterne, bis du in meinem Arm einschläfst. Ich liebe dich, Angelika. Ich …"

Angelika steht auf und zieht sich an.

„Was machst du?", frage ich.

„Ich werde dich verlassen, Chris. Ich übernachte heute in einem Hotel. Wie sehr wollte ich bei dir bleiben und hören, was du gerade gesagt hast – ein Liebesgeständnis wollte ich, so schön wie lange Weizenfelder in der Abendsonne. Findest du nicht auch, dass hier gerade einiges schiefläuft? Wir schlafen seit sechs Monaten nicht miteinander. Ich wollte es dir nicht sagen, aber du redest im Schlaf. *Ich liebe dich nicht mehr*, hast du heute gesagt. Du warst weg und hast mich allein gelassen. Ich spreche nicht davon, dass du wirklich weg warst, Chris. Du bist abwesend, schaust mich mit einem gelangweilten und abwesenden Blick an. Du greifst nicht mehr nach meiner Hand und küsst mich nicht mehr.

Am Anfang war alles schön. Und dann, ich weiß nicht, irgendwie schleichend, warst du plötzlich weg. Ich war nicht mehr *deine Angelika*. Wir lag zwar nebeneinander, aber zwischen uns hat sich ein Abgrund aufgetan, den ich nicht mehr überwinden konnte. Ich gehe jetzt und gleich morgen früh klären wir den Trennungsablauf. Vielleicht kannst du vorübergehend zu Carlotta."

Sie verlässt das Zimmer und dann höre ich die Wohnungstür zufallen. Endet hiermit meine Liebesgeschichte? Angelika ist weg und ich bin allein. Was ist Liebe? Ich weiß es nicht.

Ich stehe auf und gehe in die Küche, greife nach der Milch und trinke aus der Packung.

Peter sagte mal, die Menschen bräuchten ein Happy End. Es ist nicht zu spät. Wir laufen ihr hinterher und wenn wir sie erreicht haben ...

Sollen wir betteln?

Ich greife nach meinem Handy und rufe sie an.

„Was ist, Chris?"

„Wenn der Zauber Einlass fordert ...", sage ich und Sekunden der Verzweiflung verstreichen, ehe sie leise flüstert: „... Sollte Einlass gewährt werden."

7

Ich wache auf und liege nicht in meinem Bett, schaue nicht auf meine gewohnte Umgebung mit meinen gewohnten Möbeln. Es riecht feucht. Meine Arme und Beine sind schwer. Ich liege auf einem Futon und es ist ein wenig unbequem. Von draußen scheint die Sonne durch das geöffnete Fenster, leuchtet durch die Papierwände und es fühlt sich an, als würde sie auch durch mich leuchten. Irgendwie als wäre ich auch nur eine dünne Papierschicht.

„Wo bin ich?", murmle ich, schlage die Decke zur Seite und quäle mich hoch. Die Knochen fühlen sich alt an und ich halte mir die Hände vor die Augen und betrachte sie. Sie sind faltig, pigmentiert, adrig und ledrig.

„Ah, fuck", seufze ich und schlurfe durch das Zimmer, schiebe die Tür zur Seite, gehe durch das Wohnzimmer zum Fenster und blicke hinaus. Licht und Schatten, Sonne und Wolken und unter mir erstreckt sich eine riesige Reisfeldterrasse und Menschen mit Reisstrohhüten arbeiten in hochgekrempelten Hosen auf schlammiger Erde.

„Ah, fuck hoch zwei."

Hinter dem Reisfeld schlägt die Meeresbrandung um sich und ein böiger Wind pfeift durch das Haus und über den dunklen Dielenboden und beschert mir einen kalten Schauer, der mir über den Rücken läuft. Hinter mir öffnet sich eine Tür und eine junge Frau mit asiatischen Augen tritt herein.

„Guten Morgen", sagt sie.

„Guten Morgen", erwidere ich.

„Haben Sie gut geschlafen?"

„Ich weiß es nicht."

„Sind Sie fertig?"

„Fertig wofür?"

„Für den Spaziergang."

„Nein … Ich … Wo ist das Bad?"

Sie lächelt verlegen.

„Dort, wo es schon immer stand."

„Ja, schon gut."

Ich drehe mich um und blicke wieder aus dem Fenster. Jemand winkt mir lächelnd zu und ich winke zurück.

„Spaziergang wohin?", frage ich und es winkt mir der Nächste zu und auch ihm winke ich zurück.

„Den gleichen Weg wie jeden Morgen."

„Verstehe."

Ich drehe mich um und schaue mir das Haus an. Eine Kochstelle mit einem Holzofen in der Ecke neben einem Holzfenster, einige dunkle Decken auf dunklen Teppichen um einen niedrigen viereckigen Tisch. Helle Sitzkissen um den Tisch herum und in der Ecke des Raumes gegenüber der Kochstelle eine offene Tür. Ich bewege mich langsam dorthin und trete in das Zimmer ein. Ein Eimer Wasser vor einem geschlossenen Fenster, ein Loch im Holzboden, zwei Zahnbürsten in einem Becher auf dem Tisch.

„Bin ich im Bad?", rufe ich.

„Ja, mein Herr?"

„Wo bin ich, in der Provinz?"

Ich höre ein Lachen und ich schrubbe mir die Zähne mit einer der Zahnbürsten ohne Zahnpasta, spüle mir den Mund

120

aus, beuge mich hinunter und spucke durch das Loch. Es riecht fürchterlich nach Exkrementen.

Ich bin angezogen, also bin ich mit meinen Klamotten eingeschlafen. Ich gehe zurück zu der jungen Frau und sie lächelt noch immer. Sie scheint ein glückliches Mädchen zu sein. Ich gehe zur Haustür und ziehe mir die Schuhe an und als ich vor ihr stehe, sage ich:

„Bin fertig, wir können los."

Sie geht als Erste durch die Tür und ich folge ihr und draußen vor dem Haus erstreckt sich mir ein riesiger Wald auf einem Berg und über uns schwirren Vögel von links nach rechts und von rechts nach links und Insekten feiern eine Party, so laut brummt und zirpt es.

„Ah, fuck hoch drei", sage ich.

Sie wartet nicht auf mich, sondern läuft voran, über die Feldstraße, an den Fahrzeugen am Parkplatz vorbei, auf einen Pfad. Ich folge ihr und irgendwann sind wir im Wald und sie bleibt stehen.

„Es ist mir immer wieder eine Freude, mit Ihnen spazieren zu gehen."

„Wie heißen Sie?"

„So, wie ich schon immer hieß, Yoko."

„Yoko, klären Sie mich bitte auf."

„Aufklären?"

„Ich habe mich mit Angelika unterhalten. Was ist dann geschehen? Ich glaube, Sie wissen mehr über mich, als ich es gerade weiß."

„Ich soll Ihnen Ihre Geschichte erzählen?"

„Wie jeden Morgen."

Sie lacht und klopft mir auf die Schulter.

„Sie sind witzig. Wie jeden Morgen."

Ich schließe die Augen und nehme einen kräftigen Zug. Es riecht nach feuchter Erde, nach Regen.

„Es wird bald regnen", sage ich.

„Sie hatten schon immer ein gutes Gespür für das Wetter."

Sie geht wieder los. Langsamer. Ich kann ihr folgen. Stehe neben ihr und sie hakt sich unter meinen Arm.

„Ihre Freundin, Frau Angelika, hat Sie verlassen und ist nach Japan gekommen. Nach Kyoto. Sie hat für einen japanischen Geschäftsmann gearbeitet. Sie sind ihr nachgereist. Monate, nachdem sie Sie verlassen hat, und haben sie kontaktiert. Sie haben sich in einem Café verabredet und gestritten. Frau Angelika hatte ein Verhältnis mit diesem Geschäftsmann. Sie würden sie lieben, sagten Sie. Sie seien füreinander bestimmt. Das seien sie schon immer gewesen und nun sei der perfekte Zeitpunkt, die Liebe zu leben, die sie füreinander fühlen würden. Sie erwähnten eine andere Frau …"

„Sandra?"

„Ja. Sie sagten, Frau Sandra sei Geschichte. Mal unter uns, mein Herr, Frau Sandra könne nie Geschichte sein. Frau Carlotta ist so bezaubernd, nie könnten Sie von Frau Sandra ablassen. Frau Angelika wusste das. Das ist nicht weiter schlimm, wenn man die Umstände akzeptiert, doch Frau Angelika war nicht dazu bereit. Sie sagte Ihnen, sie könne mit Ihnen nicht zusammenleben, wenn Sie sie nicht lieben würden und sollten es gut sein lassen. Sie wurden laut, mein

Herr, und meinten, sie würde nicht verstehen, sie würde überhaupt nichts verstehen: Das Leben, die Liebe, ihn, Carlotta, nicht einmal sich selbst könne sie verstehen.

Wenn ich mir erlauben darf, das war ziemlich arrogant und Frau Angelika entgegnete, Sie würden nichts verstehen. Und dann stand sie auf und verließ das Lokal und Sie blieben kurz sitzen. Sie sagten, dass Frau Angelika in diesem Augenblick die Wahrheit ausgesprochen hätte, und Sie hätten das begriffen. Also bezahlten Sie, rannten aus dem Café und Sie riefen sie an. Es tue Ihnen leid, sagten Sie. Sie solle Ihnen verzeihen und Sie weinten."

Yoko macht eine Pause und lächelt nicht mehr.

„Was ist dann passiert?"

„Happy End."

„Ich verstehe nicht."

„Sie wurden wieder ein Paar."

„Und dann?"

„Sie kündigte bei dem Geschäftsmann und Sie beide blieben in Kyoto. Sie sagten, Ihre früheren Investitionen würden nun für drei Leben reichen und sie lachte und sagte, Japan sei ein wunderschönes Land. Sie wollten hier leben. Mit Frau Angelika. Ein neues Leben führen. Und Sie beschlossen, eine Japanrundreise zu unternehmen. Alte Tempel, Weltkulturerben, die Reisfeldterrassen. Kurz vor Ihrer Reise wurde Frau Angelika von einem Lieferwagen erfasst. An einer Kreuzung in Kyoto. Sie war einkaufen und ist am Unfallort verstorben. Sie sind zusammengebrochen. Frau Carlotta besuchte Sie hier. Mit Ihrem Schwiegersohn und Ihren Enkelkindern. Sie wollten Sie nach Deutschland zurückholen, doch Sie sagten, dass Japan Ihre neue Heimat werden sollte. Also würden Sie hier bleiben und die geplante Japanrundreise unternehmen, sobald Sie die Sprache beherrschen würden. Sie engagierten einen Japanischlehrer und Sie lernten Japanisch. Tag für Tag immer besser. Sie hatten niemanden, also saßen Sie in Kyoto und lernten die Sprache in Ihrer Wohnung, lasen Bücher und Gedichte und irgendwann konnten Sie es und der Lehrer wurde überflüssig."

„Ich kann Japanisch?"

„Wir unterhalten uns doch. Irgendwann klingelte es an Ihrer Tür und Sie öffneten. Ihr alter Freund Herr Peter war gekommen, um Sie zu sehen."

„Peter war hier?"

„Er hatte von Ihnen und Angelika gehört. Beim Einkaufen traf er auf Frau Carlotta und er fragte sie nach Ihnen. Er war ihr unbekannt, sie ihm jedoch nicht und er war redselig, und sie tat es ihm gleich. Sie erzählte von Ihrem Leben und er tauchte bei Ihnen auf. Er sagte, er hätte Sie nach Frau Sandra im Stich gelassen, er wollte nicht noch einmal als Freund versagen."

„Wir waren keine Freunde mehr."

„Sie waren nie etwas anderes. Sie baten ihn herein und Sie lebten eine ganze Weile zusammen. Sie kündigten Ihre Wohnung und begannen gemeinsam, Ihre Reiseziele abzuarbeiten und ganz unten auf Ihrer Liste stand diese Reisfeldterrasse."

„Dann ist Peter auch hier? Haben wir so lange gebraucht, um hierherzukommen?"

Yoko lacht.

„Das liegt schon lange zurück, mein Herr. Es war vor dreizehn Jahren, als Sie hierherkamen. Sie und Herr Peter lernten meine Mutter hier auf dem Feld kennen und sie lernte Sie beide kennen. Es fing mit einem kurzen Gespräch an. Herr Peter ist ein scharfsinniger Mann. Er klopfte Ihnen auf die Schulter und sagte, es sei Zeit für ihn nach Deutschland zurückzukehren. Sie und meine Mutter erzählten mir nie, wie sich das zwischen Ihnen entwickelt hat. Irgendwann tauchten Sie gemeinsam vor meiner Tür auf und Sie, Herr Chris, stellten sich vor. Ich habe meinen Vater nie kennengelernt. Meine Mutter wurde von einem Fremden geschwängert, hatte somit ihre Familie entehrt und wurde von zu Hause herausgeworfen. Es waren immer nur wir beide. Niemand wollte meine Mutter. Sie war in den Augen der Einwohner beschmutzt. Niemand wollte sich entehren und sich auf sie einlassen. Bis Sie auftauchten. Dann waren wir zu dritt. Und als ich meinen Mann kennenlernte, wurden wir zu viert und irgendwann kamen meine Kinder zur Welt und meine Mutter und ich hatten endlich eine glückliche Familie. So ist das Leben. Es entwickelt sich. Wir waren nicht mehr zu zweit."

„Liebe ich Ihre Mutter?"

„Ich weiß es nicht."

„Liebt mich Ihre Mutter?"

„Auch das weiß ich nicht."

„Wenn es keine Liebe ist, was ist es dann?"

„Ich würde nicht sagen, dass es keine Liebe ist. Sie respektieren sich. Ist das nicht ein schönes Gefühl, mein Herr? Es haben sich zwei Menschen gefunden, die sich respektieren. Bis ans Ende Ihres Lebens werden Sie sich respektieren."

„Und ich wohne in diesem Haus?"

Yoko lacht.

„Nein, mein Herr, Sie sind erst seit einer Woche hier. Sie wollten erfahren, wie es ist, hier draußen zu leben. Wie die Menschen damals gelebt haben. Sie und meine Mutter sind erst seit einer Woche hier in diesem Haus. Sie hat hier auf dem Feld gearbeitet. Dreißig Jahre lang. Bis Sie kamen. Sie erzählte Ihnen, wie sie in diesem Haus eine Zeit lang mit mir gelebt hätte. Solange ich noch klein war. Damit sie mich im Auge behält. Da haben Sie beschlossen, für eine Woche hier mit meiner Mutter vor Ihrer Rückkehr nach Deutschland zu leben. Können Sie sich an nichts erinnern? Soll ich einen Krankenwagen rufen?"

Wir stehen wieder vor dem Haus. Ich fühle mich gut. Nicht so alt wie vor dem Spaziergang.

„Wo ist Ihre Mutter jetzt?"

„Sie arbeitet unten."

„Warum?"

„Weil sie wieder hier ist und nie wieder zurückkommen wird. Sie fliegen doch nächste Woche zurück nach Deutschland. Herr Peter erwartet Sie. Ich höre Sie beide öfter telefonieren. Sie lachen viel. Lachen ist ein so schöner Klang. Können Sie sich wirklich an nichts mehr erinnern? Sie möchte Deutschland kennenlernen und dort mit Ihnen das Leben zu Ende leben."

„Ich dachte, ich bin senil geworden."

„Also ist nichts verloren gegangen?"

126

Bekommen wir Demenz?

Wir haben geträumt. Von Kirstin, Sandra und von Angelika. Wir waren mit Angelika im Garten, mit Angelika vor der Kirche auf einer Sitzbank, mit Sandra auf dem Sofa unter den Postkarten und dann mit Angelika in Kyoto. Und am Ende waren wir hier mit Nanami. In dieser Hütte mit dem Holzofen. Wir saßen auf den Sitzkissen und wir lachten und tranken Sake. Ich dachte, das alles wäre nichts weiter als nur ein Traum gewesen.

Sag, hatten wir nicht ein zauberhaftes Liebesleben?

Danksagung

Ich danke Frau Dr. Alexandra Sept für das Lektorat und Laura Newman für die Covergestaltung.

theodoros iatridis

Autor von:

Klein ist die Seele – ehrlich Verlag

Vergangenes noch heute – BoD

Schau hoch, ich lass mich fallen – ehrlich Verlag

Das weiße Haus mit den weißen Dachziegeln – BoD

Wenn der Zauber Einlass fordert – BoD

© 2024 Theodoros Iatridis
Herstellung und Verlag: BoD – Books on Demand,
Norderstedt
ISBN: 9783758368011